Petros Markaris

Balkan Blues

Geschichten

Aus dem Neugriechischen von Michaela Prinzinger

Diogenes

Titel der 2004 bei
Samuel Gavrielides Editions, Athen,
erschienenen Originalausgabe:
›Αθήνα Πρωτεύουσα των Βαλκανίων‹

Die Texte wurden für die 2005 im
Diogenes Verlag erschienene deutsche Erstausgabe
in Zusammenarbeit mit dem Autor
nochmals durchgesehen
Die Geschichte *Ein Kindermärchen*
ist neu in den Band aufgenommen worden
Umschlagfoto von Pierre Couteau

Veröffentlicht als Diogenes Taschenbuch, 2007

www.diogenes.ch
20/13/8/4
ISBN 978 3 257 23625 5

Inhalt

Engländer, Franzosen, Portugiesen…

Erster Abend: Frankreich – Griechenland 0:1

»Paß auf, Seitaridis, Henry büchst dir gleich aus!… Nur gut, daß du den Ball ins Aus gebracht hast. Großes Talent, aber keine Erfahrung… Dellas, das war göttlich! Du hast Zizou die Hosen ausgezogen!… Fyssas, du Trottel, mußt du jetzt rumdribbeln? Jetzt versteh ich, warum dich Panathinaikos als Gastarbeiter zu Benfica geschickt hat… Karagounis, gib ab an Basinas. Nicht doch, Vryssas, nicht doch! So spielt man doch nicht Fußball! Deshalb bist du bei Fiorentina gelandet!… Zagorakis, mein Alter, was für ein Haken, jetzt hast du Lizarazu stehenlassen… Flanke, mein Goldstück, Flanke, mein Süßer, Flanke… Ja… jaaaa… Auf Charisteas… Tor! Toor! Toooor! Toooooor!«

Wer hier schreit und brüllt, das ist Fanis Ousounidis, Kardiologe, Oberarzt an der Herzklinik des Allgemeinen Staatlichen Krankenhauses Athen, mein behandelnder Arzt und inoffizieller Verlobter meiner Tochter. Den Arzt Fanis Ousounidis habe ich vor vier Jahren im Allgemeinen Krankenhaus kennengelernt, und ich schätze ihn sehr. Den Fußballfan lerne ich erst heute abend kennen, und den schätze ich gar nicht.

»Beruhige dich, am Ende muß ich dich mit einem Herzanfall in deine eigene Klinik einliefern«, sage ich zu ihm.

»Hier geht's um das Halbfinale! Wer denkt da an einen Herzanfall?« Und wie zur Illustration schreit er: »Lizarazu, Basinas! Knöpf dir Lizarazu vor!«

»Und was ist mit euren Ratschlägen an uns Patienten, daß wir uns nicht aufregen sollen?«

»Genau der richtige Zeitpunkt für eine medizinische Fachdiskussion!« entgegnet er verärgert und ohne den Blick von der Mattscheibe zu lösen.

»Laß den Mann doch in Ruhe das Spiel sehen!« mischt sich Adriani ein. »Gerade jetzt mußt du deinen Mund aufmachen? Wenn wir zwei allein sind, muß man dir jedes Wort aus der Nase ziehen.«

Es war Adrianis Idee gewesen, daß Fanis bei uns das Match gucken sollte. Sie hatte sogar angeboten zu kochen. Ich schlug ihr vor, Souflaki zu holen, da Souflaki, wie ich von meinen Assistenten wußte, zum Zeremoniell eines Fußballfernsehabends gehören. »Heute abend gibt's Souflaki zum Fußball«, freut sich Dermitsakis jeden Mittwoch zwischen September und Mai. Adriani jedoch wischte den Vorschlag schnell vom Tisch. »Wir werden Fanis doch nicht mit Souflaki abspeisen. Laß nur, ich bereite etwas ohne Bratfett zu. Das ist bekömmlicher und schlägt einem auch während der Aufregung des Spiels nicht auf den Magen.« Sie kochte Hackfleischbuletten und Zucchinipitta. Äußerst schmackhaft, aber Souflaki sind doch ein anderes Kaliber, da kann man sagen, was man will.

Fanis blickt alle naselang auf seine Uhr. »Fünf Minuten noch, meine Griechen! Fünf Minuten noch, dann stehen wir im Halbfinale!« ruft er.

Draußen ist ein ohrenbetäubendes Hupkonzert zu hören.

»Was feiern die denn? Man soll den Tag nicht vor dem Abend loben«, bemerkt Adriani, da der Ball auf dem Bildschirm immer noch hin- und hergekickt wird.

»Das ist wie bei der Ostersuppe, die fängt man auch schon vor der Auferstehung zu essen an!«

»Pfeif endlich ab, komm schon! Pfeif ab, mach!« fleht Fanis. »Mußt du die Nachspielzeit bis zur letzten Sekunde ausreizen? Aber was kann man von einem schwedischen Federfuchser anderes erwarten?« Scheinbar hat der Schwede ihn gehört, denn trotzig quält er ihn noch eine Minute länger, bevor er abpfeift.

»Wir sind weiter! Wir sind im Halbfinale!« Fanis springt auf und hüpft mit hochgerissenen Armen und geballten Fäusten durch die Wohnung. Kaum zu glauben, daß dieser Mann am Morgen noch Kardiogramme gemacht und Rezepte ausgestellt hat. Er faßt mich am Arm und zieht mich mit sich fort. »Komm, gehen wir!«

»Wohin denn?«

»Zum Omonia-Platz, zum Syntagma-Platz, irgendwohin! Heute abend geht es in Athen hoch her, Kommissar!«

»Was du nicht sagst! Und überhaupt: Was haben wir denn damit zu tun?«

Er blickt mich an, als könne er seinen Ohren nicht trauen. »Du willst an so einem Abend zu Hause bleiben?«

»Recht hat er!« sekundiert Adriani. »Wann haben wir denn zum letzten Mal etwas zu feiern gehabt? Wenn ich da an die Rüffel denke, die wir uns wegen der Zypernfrage und wegen Mazedonien eingehandelt haben.«

Das sagt sie weniger, weil sie feiern möchte, sondern weil sie unsere eheliche Beziehung als Preference-Spiel auffaßt und stets mit dem Dritten gegen mich spielt, als wäre ich der Abzocker. Ich gebe nach – es bleibt mir wohl nichts anderes übrig, als an der nationalen Feierlichkeit teilzunehmen. Ich lenke ein, vorwiegend, um Fanis nicht den Spaß zu verderben.

In der Protesilaou-Straße ist alles noch ruhig. Nur ein paar Autohupen skandieren den Rhythmus. Zwischen der Ifikratous- bis hin zur Filolaou-Straße steigert sich das Hupkonzert kontinuierlich. Zugleich nimmt auch die Anzahl der Leute zu, die johlend Fahnen schwenken. Mit Mühe gelingt es uns, bis zum Pallas-Kino vorzudringen, wo die Fußgänger und Fahrzeuge zum Stillstand kommen.

»Vorsicht, wir dürfen uns nicht verlieren!« ruft Adriani und klammert sich an meinen Arm. Fünf Meter weiter winkt uns Fanis zu.

Einige junge Männer, welche die griechische Flagge wie einen Kaftan am Leib tragen, rufen im Vorübergehen: »Die Franzosen, die Franzosen, die verlieren ihre Hosen!« Einer klopft mir auf die Schulter. »Sieh mal einer an, sogar der Opa traut sich auf die Straße, um zu feiern! Bravo, bist noch gut beisammen, Opa!«

Ein Mann meines Alters, der einmal noch vorn geschubst, dann wieder nach hinten gedrängt wird, bemerkt gerührt: »Ein geeintes Volk ist ein freies Volk, mein Herr. Ein geeintes Volk ist ein freies Volk.«

Ich weiß nicht, ob es der Grieche in mir ist, der selbst nach einem gewonnenen Tavlispiel ausflippt, oder der Bulle, der sich an einer friedlichen Kundgebung begeistert – jedenfalls finde auch ich langsam Gefallen an der ganzen Sache.

Mein Schicksal scheint es jedoch zu sein, daß in neun von zehn Fällen gerade dann, wenn ich Gefallen an etwas zu finden beginne, der Spaß auch schon zu Ende ist. Ich spüre, wie Adriani mich am Ärmel zupft.

»Dein Handy klingelt.«

Zum einen hatte mich Adrianis Beharrlichkeit dazu gebracht, mir ein Mobiltelefon zuzulegen, zum anderen die Beschwerden auf der Dienststelle und Gikas' Geschimpfe, mit meinem Beeper bilde ich das Fossil der Abteilung. Ich kaufte mir eins, um meine Ruhe zu haben. Am Ende kaufe ich mir auch noch einen Hyundai, so wie jeder zweite Grieche, um mit meinem Mirafiori nicht mehr als Fossil der Abteilung dazustehen.

Ich führe das Gerät ans Ohr, während ich mir das andere zuhalte, um überhaupt etwas zu verstehen. Vlassopoulos' Stimme klingt, als spräche er aus dem Jenseits.

»Herr Kommissar, Sie müssen sofort ins Olympiastadion. Es ist dringend!«

»Wieso? Ist das Dach von Calatrava eingestürzt?«

»Vielleicht, keine Ahnung. Ich weiß nur, daß es sich um eine Anweisung vom Chef handelt. Er ist auch schon unterwegs.«

»Hol mich mit dem Streifenwagen ab. Ich warte an der Ecke Formionos- und Imittou-Straße, bei dem Verkehr komme ich sonst nie an.«

Adriani lasse ich unter Fanis' Obhut zurück. Die Strecke vom Pallas-Kino zur Ecke Formionos-Straße beträgt fünf Häuserblocks, aber ich brauche dafür eine dreiviertel Stunde. Der Streifenwagen erwartet mich bereits.

»Wie kommst du denn so schnell hierher?« frage ich verwundert.

»Ich hab einen Streifenwagen von der Verkehrspolizei in Kessariani angefordert.«

Er grinst und erwartet vergeblich ein Lob für seinen Geistesblitz. Der Fahrer schlägt die Route nach Zografou ein, um auf den Kifissias-Boulevard zu gelangen und ab Maroussi die Spyros-Louis-Straße zu nehmen. Glücklicherweise kommen wir auf der ganzen Strecke zügig voran, und auf der Spyros-Louis-Straße herrscht das übliche Verkehrsaufkommen. So gelangen wir in einer Viertelstunde zum Olympiastadion.

Am Eingang erwartet mich ein großgewachsener Fünfzigjähriger mit einem sonnengebräunten Gesicht. Er ist so aufgeregt, daß er auf uns zurennt und wie ein Hoteldiener den Wagenschlag aufreißt.

»Ingenieur Kalavrytis.«

»Kommissar Charitos. Sie haben uns verständigt?«

»Ja. Kommen Sie, ich muß Ihnen etwas zeigen.«

Er schreitet voran und führt mich zu den olympischen Wettkampfstätten. Im Dunkeln kann ich den Umriß des Stadions und darüber die Dachkonstruktion von Calatrava erkennen. Zu unserer Linken erstrecken sich ein paar provisorische, schießbudenartige Bauten.

»Das sollen Kantinen werden«, erläutert Kalavrytis. Dann deutet er auf etwas, das wie eine riesige Trennwand aussieht. »Das ist die Wand der Nationen. Darauf werden Bilder projiziert, und es wird aussehen, als schwebe sie durch die Luft.«

»Verschieben wir die Führung nicht lieber auf später?« meine ich.

Sogleich kommt er zur Besinnung und unterbricht sein Fachsimpeln.

»Sie haben recht. Hier, bitte sehr.«

Vor mir liegt ein riesiges Bassin mit einem Springbrunnen in der Mitte. Es ist noch leer und rundherum liegt Erde aufgeschüttet. Plötzlich gehen die Scheinwerfer am Grund des Bassins an, und der ganze Raum wird erhellt.

»Sehen Sie«, meint Kalavrytis und deutet auf einen Punkt außerhalb des Bassins.

Aus der aufgeschütteten Erde ragt eine menschliche Hand, die sich uns entgegenstreckt, als hätte sie uns gerade mit Dreck beworfen – die klassische, beleidigende Handbewegung, die sogenannte *Moutsa.*

»Ruf die Spurensicherung«, sage ich zu Vlassopoulos neben mir. »Und die Gerichtsmedizin.« Vlassopoulos entfernt sich im Laufschritt, und ich wende mich Kalavrytis zu. »Wer hat das entdeckt?«

»Die albanischen Arbeiter, die Pflanzgruben für die Bäume ausheben.« Und er deutet auf einige verhungerte Bäumchen inmitten kreisrunder Beete. »Sie haben die Hand aus dem Schutt ragen sehen, da haben sie mich sofort gerufen. Morgen wollten wir den umliegenden Platz betonieren, gegenüber der Wand der Nationen, von der ich Ihnen erzählt habe. Ich habe auf der Stelle die Arbeiten einstellen lassen und sie in einem Container eingeschlossen, damit sie es nicht rumerzählen. Dann habe ich Sie verständigt.«

»Gut gemacht. Holen Sie jetzt zwei Arbeiter zum Ausbuddeln her.«

»Wollen Sie nicht auf Ihren Vorgesetzten warten? Er soll gleich hier sein.«

»Wieso sollte ich auf ihn warten? Hat er gesagt, daß er selbst schaufeln will?«

»Nein, aber… Vielleicht will er beim Fund der Leiche dabei sein…«

»Woher wissen Sie, daß wir eine Leiche finden werden?«

Er blickt mich überrascht an.

»Kann sein, daß man nur die Hand eingegraben hat und nichts weiter«, erläutere ich.

Der Gedanke scheint ihn zu erleichtern, und sein »Hoffentlich!« klingt wie ein tiefer Seufzer. Er geht los, um die Arbeiter zu holen, aber ich halte ihn zurück.

»Mir sind Arbeiter lieber, die kein Griechisch sprechen.«

Er lacht auf. »Keiner von denen spricht Griechisch. Wir setzen sie nachts in Albanien in einen Reisebus, und am Morgen gehen sie gleich an die Arbeit, um die Olympiabauten rechtzeitig fertigzustellen. Wann sollten sie da Griechisch lernen?«

Erst als ich allein zurückgeblieben bin, untersuche ich die Hand genauer. Mein erster Gedanke scheint sich nicht zu bestätigen. Rundherum wurde ziemlich viel Erde ausgehoben, und wäre nur der Arm eingegraben worden, dann wäre er vermutlich ganz zur Seite gesunken oder zumindest etwas in Schieflage geraten. Ich fürchte sehr, daß wir, wenn wir weitergraben, auch den Körper finden werden, der dem Arm den nötigen Halt bietet. Ich gehe um das Bassin herum. Auf der anderen Seite erheben sich Arkaden aus Metall, die parallel zum Calatrava-Dach verlaufen und an einen langen, überdachten Wandelgang erinnern. Die Arbeiten dort drüben scheinen abgeschlossen zu sein. Plötzlich kommt mir der Gedanke, daß diejenigen, welche die Hand eingegraben haben, sie nicht irrtümlich, sondern mit voller Absicht in die Höhe ragen ließen. Wieso aber? Wieso sollte man die Aufmerksamkeit auf jemanden lenken, den man aller Wahrscheinlichkeit nach getötet und mit hundertprozentiger Sicherheit illegal beigesetzt hat? Vielleicht kriege ich mehr heraus, wenn wir den Toten ausgraben.

Kalavrytis taucht plötzlich unter der Arkade auf, gefolgt von zwei Albanern, die mit Hacke und Schaufel ausgerüstet sind. Ich zeige ihnen, wie sie rund um den Arm graben sollen, damit sie mir nicht unabsichtlich den Körper zerhacken. Kurze Zeit später kommt allmählich ein männlicher Leichnam zum Vorschein.

»Pech gehabt!« meint Kalavrytis enttäuscht. »Da liegt doch eine Leiche.«

Ich gebe keine Antwort, da ich in der Zwischenzeit meine Meinung geändert und nichts anderes erwartet habe. Ich packe eine Schaufel und zeige den beiden Albanern, wie man die Erde von der Leiche entfernt, ohne Schaden anzurichten. Somit kommt langsam der Körper eines splitternackten Mannes ans Licht – Mitte dreißig und mit dunklen Locken. Seine Augen sind geschlossen, und der linke Arm liegt eng an den Schenkel gepreßt. Die Hand, die uns die *Moutsa* gezeigt hat, war die rechte.

Auf dem nackten Bauch des Toten steht mit schwarzer Schrift geschrieben: AL-QAIDA.

»Oh, nein!« zischt Kalavrytis neben mir. »Mein Gott, nur das nicht!«

Ich sage nichts und starre auf ein nacktes Opfer der al-Qaida, dessen ausgestreckte Hand uns mit der *Moutsa* beleidigt.

Zweiter Abend: Griechenland – Tschechien 1:0

Der amerikanische Agent steht hinter Kriminaldirektor Gikas, meinem Vorgesetzten, und blickt einmal auf uns und dann wieder aus dem Fenster auf den Verkehr des Alexandras-Boulevards. Gikas paßt es überhaupt nicht, daß er ihn im Nacken hat, doch er kann nichts dagegen tun. In einem der beiden Sessel vor Gikas' Schreibtisch sitzt Gerichtsmediziner Stavropoulos, der das Opfer der al-Qaida obduziert hat, im anderen sitze ich.

Der amerikanische Agent heißt Soundso Parker. Den Vornamen habe ich nicht behalten. Er ist Mitte dreißig, groß und hat kurzes glänzendes Haar. Er trägt einen hellen Leinenanzug über einem dunkelblauen Hemd mit Krawatte. Er würde besser in eine Filiale der National Bank passen als in Gikas' Büro.

Parker wendet sich hinter Gikas' Rücken um und fixiert Stavropoulos.

»So, tell me again«, meint er zu ihm.

»Wie ich schon gesagt habe«, entgegnet Stavropoulos auf englisch. »Dieser Mann ist eines natürlichen Todes gestorben.«

»I don't believe it. There must be some mistake.«

Stavropoulos' Irritation wächst mit jedem neuen verbalen Angriff.

»Hier liegt kein Irrtum vor. Der Mann ist an einem Herzinfarkt gestorben.«

Das ganze Gespräch findet auf englisch statt. Mein Englisch kommt auf Krücken daher, das von Gikas und Stavropoulos geht am Stock, und das von Parker fährt Skateboard. Wie soll man da mit ihm mithalten!

Übrigens hat der Amerikaner nicht ganz unrecht. Es ist ja wirklich kaum zu glauben, daß jemand eines natürlichen Todes gestorben sein soll, den man nackt aus der Erde gezogen hat, mit zur *Moutsa* erhobenen Rechten und mit der Parole »al-Qaida« auf dem Bauch? Derselbe Zweifel nagt auch an Gikas.

»Sind Sie sicher, daß wir alle anderen Möglichkeiten ausschließen können, Herr Stavropoulos?« fragt er auf griechisch.

»Vollkommen, Herr Kriminaldirektor.«

»Erklären Sie ihm das mal ausführlich auf englisch, vielleicht läßt er sich überzeugen.«

»Wir haben keinerlei Spuren von Strophantin oder Strychnin im Organismus gefunden. Wir haben den Brustkorb mit Wasser gefüllt, aber keine Bläschenbildung nachweisen können. Das heißt, es ist ausgeschlossen, daß man ihm eine Luftinjektion verabreicht hat, um eine Embolie zu bewirken.«

»Das ist alles gar nicht notwendig«, mischt sich Parker ein. »Vielleicht hat man ihn mit einem Nadelstich ins Herz getötet. Ich hatte einmal einen Fall in Richmond, wo eine Frau ihren Mann auf diese Weise umgebracht hat.«

»Dann hätten wir ein Hämatom gefunden«, entgegnet Stavropoulos schlagfertig. »Wir haben danach gesucht, aber ohne Erfolg.«

»Die DNA-Analyse weist ihn jedenfalls als Araber aus«, beharrt Parker.

»Auch Araber erleiden Herzinfarkte«, kontert Stavropoulos.

»Jedenfalls... Ein Terroranschlag, dessen Opfer eines natürlichen Todes gestorben ist, kommt hier meines Wissens zum ersten Mal vor!« bemerke ich in meinem holprigen Englisch.

Parker läßt mich eiskalt links liegen, als hätte ich den größten Unsinn auf Gottes Erdboden verzapft, und wendet sich wieder Gikas zu: »Ich möchte, daß auch einer unserer Gerichtsmediziner die Leiche untersucht.«

Gikas gerät in größte Verlegenheit. Er wirft Stavropoulos einen Blick zu. Der zuckt nur mit den Schultern.

»Soll er ruhig. Er wird nichts anderes finden.«

Gikas ist noch nicht ganz überzeugt.

»Ich werde den Minister informieren müssen, Fred.« Somit habe ich auch den Vornamen des Amerikaners erfahren.

»*Listen, Nick*, wir wollen doch einfach nur vermeiden, daß der Präsident aufgrund der Sicherheitslage von Reisen nach Athen abrät. Können Sie sich vorstellen, was sonst passieren würde? Die ersten, die wegbleiben würden, wären unsere Sportler. Keiner von uns will die Olympiade torpedieren. Auch der Präsident nicht, glauben Sie mir.«

Gikas schluckt das »Nick« genau so hinunter

wie die Erpressung und ruft den Minister an. Er erklärt ihm kurz, was der Amerikaner will, und wartet auf Anweisungen. Schließlich sagt er: »Vielen Dank, ich habe verstanden« und hängt ein. Dann wendet er sich mir zu.

»Er hat gesagt, ich soll tun, was er von uns will, um negative Schlagzeilen über mangelnde Sicherheit bei den Olympischen Spielen in der ausländischen Presse zu vermeiden.« Anschließend meint er zu Parker gewendet und mit saurer Miene: »Okay, ich habe die Genehmigung.«

Parker lächelt Stavropoulos breit an.

»Gerichtsmediziner Dr. Garner wird in einer Stunde bei Ihnen sein.« Er sieht unsere Verblüffung und lächelt weiter. »Wir waren sicher, daß Sie kooperieren würden, daher haben wir ihn schon gestern eingeflogen, um Zeit zu gewinnen.« Dann klopft er Gikas auf die Schulter: *»Thanks, Nick.«*

Einerseits tut mir Gikas leid, andererseits kann ich mich noch sehr gut daran erinnern, daß er nach einem sechsmonatigen Seminar beim FBI in den höchsten Tönen von dessen Systemen und Methoden geschwärmt hat. Jetzt steht er da wie ein begossener Pudel.

»Was haben Sie bislang erreicht?« fragt Parker unbestimmt in die Runde.

Gikas nickt mir aufmunternd zu.

»Wir sind sicher, daß der Tote nicht auf der Baustelle gearbeitet hat. Keiner hat ihn erkannt. Von daher müssen wir jetzt herausfinden, wer er war, wo er wohnte und arbeitete, falls er Arbeit hatte. Und das kann dauern.« Und all das in einem Englisch, das mehr einem Kauderwelsch gleicht.

»Das reicht aber nicht, und es ist auch nicht vorrangig«, meint Parker. »Uns interessiert nicht, wer er war. Was uns unmittelbar interessiert, ist, wer in Griechenland Kontakt zu al-Qaida hat und sich mit deren Inhalten identifiziert. Das hätte man mittlerweile schon feststellen müssen.« Danach wendet er sich zum ersten Mal mir zu: »Sie sind nicht schnell genug«, sagt er. *»You are not fast enough.«*

»Nehmen Sie es sich nicht zu Herzen und machen Sie Ihre Arbeit«, schaltet sich Gikas ein. Nicht auf englisch, um mir Schützenhilfe zu geben, sondern auf griechisch, um mich zu trösten.

Ich erhebe mich wortlos und verlasse das Büro. Wenn ich die anderen beiden gegrüßt und Parker übergangen hätte, wäre das ein Fauxpas gewesen. Da verabschiede ich mich lieber von niemandem.

Meine beiden Assistenten, Vlassopoulos und Dermitsakis, sind in der Ausländerbehörde und versuchen, die Identität des Toten festzustellen. Eine Polizeibrigade durchkämmt die Stammplätze der illegalen Einwanderer in der irrationalen Hoffnung, doppeltes Glück zu haben – in dem Sinn, daß ihn einer erstens erkennt und es zweitens auch zugibt.

Parkers Tadel steckt mir in den Knochen, und ich verlasse das Büro lieber, um mein Mütchen nicht an irgendeinem Unschuldigen zu kühlen. Ich fordere einen Streifenwagen an und fahre zum Olympiastadion. Vielleicht ist mir an dem Abend, als wir die Leiche fanden, irgend etwas entgangen. Selbst wenn der Typ eines natürlichen Todes gestorben ist, muß es jemandem gelungen sein, ihn durch die Sicherheitskontrollen zu schmuggeln und ihn vor dem Bassin einzugraben. Und derjenige, der ihn hereingeschmuggelt hat, muß zum akkreditierten Personal der Baustelle gehören.

»Können Sie mir eine Liste der akkreditierten Fahrer der Baustelle geben?« frage ich Ingenieur Kalavrytis, der mich am ersten Abend empfangen hat und zu meinem Dauerbegleiter mutiert.

»Aber sicher, doch was bringt das?«

»Jemand hat den Toten auf die Baustelle gebracht. Wahrscheinlich ist dieser Jemand ein Fahrer. Er hat ihn auf den Lastwagen geladen und hier hereingebracht, weil er sicher war, daß ihn keiner kontrolliert. Und ich will alle Arbeiter sprechen, die um das Bassin herum beschäftigt sind, mit Ausnahme derer, die die Leiche gefunden haben. Die haben wir schon befragt.«

»Da werden Sie einen Dolmetscher brauchen!« meint er lachend. »Das sind alles Albaner. Ich schicke Ihnen Sotiris, den Bauführer, der spricht Albanisch.«

Er läßt mich in einem Bürocontainer Platz nehmen und bringt mir die Liste. Beim Durchblättern wird mir bewußt, daß ich eine heimliche Hoffnung hegte: nämlich, auf den Namen eines arabischen Fahrers zu stoßen. Doch ich werde enttäuscht, denn es gibt keinen einzigen. Alle Fahrer sind Griechen.

Kurz darauf kommen die ersten Albaner mit Sotiris, dem noch sehr jungen Bauführer. Die Fotografie des Toten sagt ihnen nichts, und sie haben auch nichts Verdächtiges beobachtet. Die einzigen Fahrzeuge, die sich ihrer Baustelle genähert hatten, waren die Lieferwagen mit den Bäumchen und Betonmischer.

Ein Albaner folgt auf den anderen, und Sotiris übersetzt jeweils ihre Aussagen. Doch etwas Neues bringe ich dadurch nicht in Erfahrung.

»Kommen Sie aus Albanien?« frage ich ihn.

»Nein, aus Larissa.«

»Und wie haben Sie albanisch gelernt?«

»Von einem Albaner! Ich habe Unterricht genommen.« Er merkt, wie verdattert ich ihn ansehe, und fährt lachend fort: »Ich habe den Sprachunterricht begonnen, als ich noch Student an der technischen Fachhochschule war, denn mir war klar, daß die Albaner mit den Olympiabauten betraut würden. Als ich mit der Ausbildung fertig war, hatte ich ein Diplom als Bauführer, und ich konnte Albanisch. Damit habe ich seit vier Jahren mein Glück gemacht. Das führe ich auch in meinem Lebenslauf an: Fremdsprachenkenntnisse: Englisch, Albanisch.«

Als ich zwei Stunden später ganz sicher bin, daß nichts mehr herauszukriegen ist, läutet mein Handy, und Gikas ist dran.

»Kommen Sie her, der Amerikaner will uns sprechen.«

Der Streifenwagen ist weggefahren, und so bin ich gezwungen, die öffentlichen Verkehrsmittel zu nehmen. Bis zu Gikas' Büro brauche ich eine dreiviertel Stunde. Der einzige Neue in der Runde ist ein weiterer Amerikaner, an die Fünfzig, mit Vollbart und T-Shirt, der einen Stuhl vom Konferenztisch herangeholt und sich neben Stavropoulos gesetzt hat. Ich nehme an, daß es sich um Garner handelt, den amerikanischen Gerichtsmediziner. Stavropoulos wirft mir einen zutiefst befriedigten Blick zu.

Garner ergreift die Initiative.

»Ich bin derselben Meinung wie mein Kollege«, sagt er auf englisch. »Dieser Mann ist an einem Herzinfarkt gestorben.«

Drei Augenpaare richten sich gleichzeitig auf Parker, als hätten wir alle auf diesen Moment gewartet. Unsere Blicke und seine ausweglose Lage bringen den Amerikaner in Rage, und außer sich meint er zu Gikas: »*This is foul play, Nikos.* Mir wäre wohler, wenn wir es mit einem Selbstmordattentäter oder mit einer Enthauptung zu tun hätten. Weil es das Erwartbare ist. *It's standard terrorist procedure.* Aber ein Terroropfer, das eines natürlichen Todes gestorben ist? *Something big is going on.* Da steckt eine große Sache dahinter.«

»Wie groß auch immer sie sein mag, es gibt kein Verbrechen«, mische ich mich ein.

Er dreht sich um und wirft mir einen Blick zu, der sagt, daß er gerade eben erst meine Anwesenheit bemerkt hat und sie ihm unerträglich ist.

»*So?*« fragt er.

»*So,* in Griechenland kann man kein Verbrechen untersuchen, wenn es keine Straftat gibt.«

»Aber wir können die Sicherheitsmaßnahmen erhöhen.« Die Antwort richtet sich an Gikas, nicht an mich. »Es müssen weitere Kameras auf den

Straßen installiert werden. Wie viele sind es bis jetzt?«

»An die zweihundertfünfzig.«

»Wir brauchen noch mehr. Ich möchte die Verantwortlichen für die Sicherheitssysteme in einer Viertelstunde sprechen. *Fifteen minutes.*«

Eigentlich könnte ich jetzt gehen, da ich mit den Sicherheitssystemen nichts zu tun habe. Doch Gikas bedeutet mir zu bleiben. Stavropoulos und Garner verlassen das Büro. Die Sicherheitsexperten für die Olympischen Spiele treffen eine Stunde später ein, und bis sie sich entschieden haben, an welchen Punkten die Maßnahmen verstärkt werden müssen, ist es beinahe halb zwölf Uhr nachts.

Ich hole den Mirafiori aus der Garage des Präsidiums und schlage den Nachhauseweg ein. Die Stadt liegt ruhig und verlassen da. Wären da nicht all die hell erleuchteten Fenster gewesen, man hätte meinen können, es sei Mariä Himmelfahrt im August, wenn Athen wie ausgestorben ist. Ab und zu fährt ein Bus oder huscht ein Taxi vorüber. Sobald ich in die Spyrou-Merkouri-Straße einbiege, dringt plötzlich lautes Geschrei aus den Fenstern. Zunächst klingt es unverständlich, beim dritten Mal höre ich das Wort »Tor« heraus.

Bis ich beim Park angelangt bin, sind die Straßen mit Menschen überflutet, die schreiend Fahnen schwenken. Ein alter Mann, der neben mir einen alten Mercedes aus den siebziger Jahren fährt, steckt seinen Kopf aus dem Wagenfenster und brüllt:

»Pfui, schämt euch! So viele Fahnen gab's nicht einmal beim Abzug der Deutschen!«

Der Mirafiori kommt nur im Schrittempo voran. Kurz vor der Eftychidou-Straße ist die Fahrbahn vollkommen verstopft, und ich bleibe zwischen rhythmisch hupenden Autos und Fahnen schwenkenden Griechen stecken, die jubilieren: »Dieses Mal, dieses Mal, holn wir den Pokal!«

Ich weiß nicht, wie lange in diesem Lärm mein Handy geklingelt hat, aber schließlich höre ich es doch.

»Papa, wo bist du gerade?« höre ich Katerinas Stimme am anderen Ende.

»Ich stecke an der Ecke Spyrou-Merkouri- und Eftychidou-Straße fest, und voraussichtlich komme ich in den nächsten fünf Stunden nicht vom Fleck!«

»Schön, dann kommen wir zu dir!«

»Ja aber, wo bist du denn?« frage ich. Ich hatte gemeint, sie rufe mich aus Thessaloniki an.

»In Athen. Heute morgen bin ich hergekommen. Ich konnte unmöglich das Halbfinale gegen Tschechien allein in Thessaloniki anschauen. Das hätte mein Herz nicht mitgemacht.«

»Rührt euch nicht aus dem Haus. Hier ist die Hölle los.«

»Machst du Witze, Papa? An einem solchen Abend bleiben wir doch nicht zu Hause! Heute geht die Post ab!«

Ich beende das Gespräch und beschließe zu warten. Ich kann ohnehin nicht weiterfahren. Ich war sehr stolz, als meine Tochter, die Juristin, eine Beziehung mit einem Kardiologen einging. Eine Wissenschaftlerin und ein Wissenschaftler, die ideale Verbindung. Wie hätte ich mir vorstellen können, daß sich die beiden als Fußballfans entpuppen würden? Die Seele des Menschen ist ein weites Land.

Drei junge Männer beginnen, auf die Kühlerhaube des Mirafiori zu trommeln und im Takt zu skandieren: »Nächstes Mal, nächstes Mal, schlagen wir dann Portugal!«

Den Mirafiori ereilt heute bestimmt kein natürlicher, sondern eher ein gewaltsamer Tod. Im Gegensatz zu dem jungen Mann, der uns die Hand mit der *Moutsa* entgegenstreckte.

Dritter Abend: Portugal – Griechenland 0:1

Im Traum höre ich ein Lied aus alten Zeiten, und mir scheint, als befände ich mich irgendwo in der

Athener Altstadt meiner Jugendzeit oder in der Taverne von Kanioglou in Nea Philadelphia, Mitte der sechziger Jahre. Die Melodie setzt immer wieder aufs neue ein, als wolle sie mich zum Walzertanzen verführen, bis ich endlich Adrianis Stimme neben mir höre.

»Aufwachen, dein Handy läutet!«

Ich schrecke hoch und fingere schlaftrunken nach der Gesprächstaste. Zehn Sekunden später bin ich wach genug, um Vlassopoulos' Stimme zu erkennen.

»Herr Kommissar, es ist noch eine Leiche aufgetaucht. Auf dem Larissis-Bahnhof. Ich bin in zehn Minuten bei Ihnen zu Hause.«

Gott sei Dank holt er mich ab, denn der Mirafiori liegt nach den Freudenhieben, die nach dem Sieg über Tschechien auf ihn herabgeprasselt sind, in den letzten Zügen.

Ich werfe einen Blick auf den Wecker: fünf nach sechs. Mit einem Satz springe ich aus dem Bett. Neben mir ist Adriani wieder eingeschlummert, aber ich werde sie wecken müssen, um ihr zu sagen, daß sich unser Programm ändert. Wir hatten abgemacht, Fanis und Katerina zum Flughafen zu bringen. Fanis hatte sich in den Kopf gesetzt, zum Endspiel nach Lissabon zu fliegen, und hatte dafür alle Beziehungen spielen lassen.

»Ich bin jetzt schon so lange mit Fanis zusammen, und wir sind noch kein einziges Mal ins Ausland verreist«, rechtfertigte sich Katerina.

»Fahrt ruhig, mein Schatz. Aber ihr hättet ja auch zuerst mal nach Istanbul zur Hagia Sophia fahren können, dorthin führt doch die erste Auslandsreise eines jeden Griechen.«

Vlassopoulos wartet bereits mit dem Streifenwagen vor der Haustür. Er fährt mit Blaulicht, aber nur aus Prinzip, denn die Straßen sind ohnehin leer.

»Wo hat man ihn gefunden? Im Intercity?«

Er blickt mich an und lacht.

»Nein. Sie werden schon sehen.«

Zehn Minuten später sind wir am Larissis-Bahnhof angelangt, doch Vlassopoulos fährt daran vorbei und bleibt ein Stück weiter stehen, vor einem glänzenden Zug der neuen Vorortbahn.

»Man hat ihn in den Vorortzug gesetzt?« frage ich Vlassopoulos ungläubig.

»Ja, noch bevor er überhaupt in Betrieb genommen wurde. Als Glücksbringer sozusagen.«

Vor dem Zug stehen zwei Streifenwagen und ein Krankenwagen. Ich trete in den Waggon und erkenne sofort Parker, den amerikanischen Agenten. Er steht in der Mitte des offenen Wagens und unterhält sich leise mit Gikas.

Ich will mir nicht gleich am frühen Morgen die Stimmung verderben und werfe lieber zuerst einen Blick auf den Toten. Er ist dunkelhäutig, mit eingefallenen Wangen und dünnem Oberlippenbärtchen. Ich schätze, ein Pakistani oder auch ein Tamile – ich kann die nie recht auseinanderhalten. Er ist nackt, genau wie der andere im Olympiastadion, und auf der unbehaarten Brust steht mit grünem Filzstift ANSAR AL-ISLAM geschrieben. Seine rechte Hand ist erhoben und zeigt die offene Handfläche und die gespreizten Finger der *Moutsa*. Stavropoulos und Garner beugen sich gerade über ihn und untersuchen ihn sorgfältig. Zu Lebzeiten konnte der arme Schlucker von einer solchen Vorzugsbehandlung nur träumen.

»*You know what this means: Iraq, Al Zarqawi!*« höre ich Parkers aufgebrachte Stimme hinter mir.

Ich wende mich um und sehe, wie er zusammen mit Gikas auf mich zukommt. Da ich ihm für sein schlechtes Benehmen vom letzten Mal noch etwas schuldig bin, würdige ich ihn keiner Antwort. Ich richte einen fragenden Blick auf meinen Vorgesetzten.

»Das ist eine Organisation, die im Irak Ausländer entführt und hinrichtet. Al Zarqawi ist ihr Anführer«, erläutert er mir.

»Hätten Sie den doch erst später benachrichtigt,

damit wir in Ruhe unsere Arbeit machen können«, sage ich und deute dabei auf Parker.

»Ich verstehe Sie ja, aber wir haben eben unsere Anweisungen. Wenn es auch nur den geringsten Hinweis auf einen Terroranschlag gibt, müssen die Amerikaner augenblicklich verständigt werden.«

Stavropoulos und Garner sind fertig und tauschen leise ihre Schlußfolgerungen aus. Ich warte, bis Stavropoulos frei ist, um ihm die ersten Fragen zu stellen, doch der Stationsvorsteher kommt mir zuvor.

»Entschuldigen Sie, Herr Kommissar, aber dauert es noch lange?«

»Wollen Sie den Betrieb gleich heute aufnehmen?«

Er blickt mich gestreßt an.

»Wissen Sie, wir hatten eine Probefahrt mit dem Verkehrsminister angesetzt. Er soll in einer Stunde mit den Journalisten hier sein.«

»Dann tauschen Sie den Zug aus.«

»Das geht nicht, die anderen sind noch nicht fahrbereit.«

»Dann sagen Sie die Probefahrt ab.«

»Machen Sie Witze?« ruft er erschrocken. »Die suchen doch nur nach einem Anlaß, um uns vorzuwerfen, daß wir unsere Termine nicht einhalten.«

»Was soll ich da sagen? Vielleicht können Sie

den Herrn Minister ja überreden, eine Probefahrt mit einer Leiche zu machen.«

Er hält mich für übergeschnappt und läßt mich stehen. Stavropoulos hat seine Unterredung mit Garner beendet, und ich gehe auf ihn zu.

»Gibt es eine erste Diagnose?«

»Ja. Äußerlich zumindest gibt es keine Spuren von Gewaltanwendung. Er wurde nicht erschossen, nicht erstochen, nicht erwürgt und weist auch keine Verletzungen auf.«

»Wie beim letzten Mal also. Auch er ist eines natürlichen Todes gestorben.«

»So sieht es aus, aber ich kann Ihnen das erst nach der Obduktion bestätigen.«

Parker unterhält sich augenscheinlich mit Garner über dasselbe Thema, denn er stürzt sich nach Beendigung des Gesprächs auf Gikas.

»Können Sie sich erinnern, was ich gestern zu Ihnen gesagt habe, Nick?« sagt er auf englisch. *»This is big.«*

»Er hat eine Liste zusammengestellt und möchte, daß wir mutmaßliche Islamisten festnehmen«, erklärt mir Gikas auf griechisch.

»Soll er doch. Vielleicht können wir dann in Ruhe unsere Arbeit machen.«

»Und was tue ich, wenn er welche nach Guantanamo schicken will?«

Darauf weiß ich auch keine Antwort und blicke ihn wortlos an. Die Fotografen machen sich daran, die Leiche abzulichten, und die Spurensicherung beginnt mit der Untersuchung der Umgebung. Ich überlasse die Techniker ihrer Arbeit und steige aus dem Zug. Vlassopoulos hat die Person aufgetrieben, welche die Leiche entdeckt hat: ein Mann Mitte dreißig und Chef der Putzkolonne.

»Eigentlich habe ich ihn gar nicht gefunden«, erklärt er. »Ich habe die Wagentüren geöffnet, damit der Reinigungstrupp sauber machen kann. Kurz darauf hörte ich Schreie. Eine Putzfrau hat ihn zuerst gesehen.«

»Ist Ihnen, als Sie in den Waggon reingeblickt haben, denn kein Typ aufgefallen, der mit erhobener Hand da saß?«

»Nein, ich bin in die Führerkabine gegangen, und der Tote saß ja ganz hinten im Wagen. Es war dunkel, kann gut sein, daß er mir deshalb nicht aufgefallen ist.«

»Wieviel Zeit war vom Öffnen der Türen bis zum Eintreffen der Putzleute vergangen?«

Er denkt nach. »Eine Viertelstunde zirka.«

»Und war der Zug in dieser Zeit unbewacht?«

Er zuckt mit den Schultern. »Was war da zu befürchten? Daß man die Sitze oder die automatischen Türen klaut?«

Vermutlich hatte er den Toten tatsächlich nicht gesehen, sondern er wurde höchstwahrscheinlich in dem Zeitraum, als die Türen offen und der Zug unbewacht war, hineingesetzt.

Die Putzfrau steht noch immer unter Schock und ringt nach Worten. Sie war durch die vordere Tür des Waggons eingestiegen und sah, wie jemand ihr die Handfläche mit der *Moutsa* entgegenstreckte. Zunächst dachte sie an einen Scherzbold. Als ihr bewußt wurde, daß er splitternackt und tot war, fing sie zu schreien an und lief weg. Ihre Aussage bestärkt die Auffassung, daß man die Leiche in der unbewachten Viertelstunde hineingeschmuggelt haben muß.

Vlassopoulos befragt das übrige Personal, doch es kommt nichts Wesentliches zutage. Alle sind der Meinung, daß man die Leiche von der Rückseite des Bahnhofs, der nachts verlassen daliegt, herbeigeschafft haben muß. Niemandem war ein Lastwagen aufgefallen, also mußte sie in einem PKW hergekarrt worden sein. Die Tatsache, daß an dieser Stelle große Lieferwagen parken, hat den Tätern die Arbeit erleichtert. Sie haben den PKW hinter dem großen Lieferwagen abgestellt und den geeigneten Zeitpunkt abgewartet, um den Toten auszuladen und in den Zug zu setzen.

Meine Schuldigkeit ist getan, und ich mache

mich auf zum Büro. Auf der ganzen Fahrt hoffe ich inständig, im Präsidium nicht noch einmal Parker über den Weg zu laufen. Der liebe Gott scheint meinen Wunsch zu erhören, obwohl er vollauf mit unserer Nationalmannschaft beschäftigt ist, damit sie die »Euro« gewinnt, wie man in Griechenland die Europameisterschaft in euphorischer Anlehnung an die neue Währung nennt.

In meinem Büro ist alles ruhig. Entweder haben die Journalisten noch nicht Lunte gerochen, oder sie haben das Ausmaß des Falles erfaßt, lassen mich in Frieden und laufen direkt zu Gikas. Fünf Minuten später klingelt das Telefon, und Stavropoulos ist dran.

»Der Mann ist an Tuberkulose gestorben«, sagt er. »Seine Lunge ist völlig zersetzt.«

»Wie lange war er schon tot?«

»Gehen Sie mal von achtundvierzig Stunden aus. In ein paar Stunden kann ich Genaueres dazu sagen.«

Ich gehe davon aus, daß bald eine gute Nachricht eintrudelt. Es ist nur eine Frage der Zeit. Ich rufe meine beiden Assistenten zu mir.

»Laßt euch aus dem Fotolabor Bilder des zweiten Toten geben, und klappert die Krankenhäuser ab. Irgendwo hat er sich gegen Tuberkulose behandeln lassen.«

Vlassopoulos und Dermitsakis machen sich auf den Weg, und ich benachrichtige Gikas.

»Das heißt, wir haben schon wieder kein Opfer?«

»Das kommt darauf an. Wenn wir ein Mordopfer suchen, dann nicht. Wenn wir nach Störung der Totenruhe fahnden, dann haben wir eins.«

»Was ist Ihre Meinung?«

»Vorläufig gar keine. Auf den ersten Blick scheint es ein terroristischer Akt zu sein, aber irgend etwas paßt mir nicht ins Bild. Ich weiß aber nicht was.«

»Ich werde Parker informieren müssen.«

»Lassen Sie das Garner erledigen. Er war bei der Autopsie dabei.«

»Sie haben recht. Jedem sein Zuständigkeitsbereich. Wir sind ja schließlich weder verheiratet noch verschwägert.«

Ich lache als einziger. Gikas blickt mich finster an. Ich weiß, daß wir uns jetzt in Geduld fassen müssen. Es kann Tage dauern, bis Land in Sicht kommt. Doch das Glück lacht mir ausnahmsweise, und zwei Stunden später habe ich Dermitsakis am Apparat.

»Herr Kommissar, wir haben ihn gefunden. Im Sismanoglio-Krankenhaus.«

Ich nehme den Fahrstuhl, um Gikas zu benachrichtigen, doch kaum ruckelt er los, kommt mir der Gedanke, ich könnte auf Parker treffen. Ich drücke auf die Haltetaste und fahre wieder hinunter.

In der letzten Zeit bin ich so oft im Streifenwagen unterwegs, daß ich mich langsam für eine Versetzung zum Polizeinotruf bewerben könnte. Dermitsakis wartet auf den Stufen vor dem Sismanoglio-Krankenhaus auf mich, und gemeinsam gehen wir zum Büro des Direktors. Bei ihm befindet sich der Arzt, der den Tuberkulosekranken bei seiner Einlieferung untersucht hat.

»Er wurde eines Nachts eingeliefert, weil er Blut gespuckt hatte«, sagt der Arzt. »Er war in miserablem Zustand.«

»Wie lange ist er hiergeblieben?«

»Ein paar Stunden, nehme ich an. Als ich noch einmal vorbeischaute, war er nicht mehr in seinem Bett.«

Er macht sich nicht die Mühe, mir den Grund dafür zu erklären, da er voraussetzt, daß ich ihn kenne. Viele illegale Einwanderer nehmen aus Krankenhäusern Reißaus, weil sie befürchten, man würde die Polizei verständigen und sie anschließend ausweisen.

»Haben Sie seine Personalien festgehalten?«

»Hier sind sie«, meint der Verwaltungsdirektor und reicht mir das Krankenblatt.

Er hieß Zia Sharif und war Pakistani, geboren 1970. Das Krankenblatt weist auch eine Adresse in Liossia auf. Ich werde jemanden zur Überprüfung hinschicken, aber die Chancen stehen fünfzig zu fünfzig, daß sie falsch ist.

Ich bitte den Fahrer des Streifenwagens, mich nach Hause zu fahren, obwohl ich auch öffentliche Verkehrsmittel nehmen könnte: Die Straßen sind kurz vor dem Beginn des Endspiels gegen Portugal menschenleer.

Inzwischen ist es neun Uhr abends. Adriani steht in der Küche und bügelt.

»Wollen wir uns nicht zusammen das Match anschauen?« frage ich. »Wer weiß, vielleicht sehen wir unsere Kinder in Kriegsbemalung!«

Sie läßt das Bügeleisen in der Luft schweben und wirft mir einen strengen Blick zu.

»Du kannst deine Sticheleien einfach nicht lassen.«

Doch sie läßt ihre Arbeit liegen und setzt sich neben mich. Um ehrlich zu sein, irgendwie fürchte ich mich davor, Katerinas und Fanis' Gesichter in den Nationalfarben zu sehen. Ich werfe immer wieder heimliche Blicke auf die Ränge der griechischen Fans. Je länger das Spiel dauert, desto besser wird meine Laune, und ich frage mich, ob es an der Begeisterung unserer Fans oder an den vielen Fahnen liegt. Das halbe Stadion ist griechisch beflaggt, entweder sind die Fahnen wie Spruchbänder aufgespannt, oder sie werden hin- und hergeschwenkt. Ich frage mich, ob patriotische Gefühle in mir erwachen. So viele Jahre haben wir in der Polizeischule die Fahne gehißt und eingeholt, da mußte ja etwas hängenbleiben.

Als das Tor fällt, springe ich unwillkürlich auf und beginne zu brüllen, vielleicht um Fanis würdig zu vertreten.

»Hast du das gesehen, das hat wieder der geschossen, der schon gegen Frankreich getroffen hat!« meint Adriani. »Wie heißt er nur gleich…«

Ich weiß auch nicht, wie er heißt, aber der Stadionsprecher nennt den Namen Charisteas.

»Genau, Charisteas!« ruft Adriani begeistert. »Siehst du, und wieder mit dem Kopf, wie damals. Und was für ein Kopf, du meine Güte! Ein Stahlschädel, Gott behüte ihn vor dem bösen Blick!«

Als im Fernsehen das Tor wiederholt wird, meine ich eine jubelnde Katerina auf dem Bildschirm zu erkennen, aber Dermitsakis holt mich auf den Boden der Tatsachen zurück.

»Fehlanzeige, Herr Kommissar. Der Pakistani hatte eine falsche Adresse angegeben.«

»Wir werden hier gerade Europameister, und du rufst mich wegen des Pakistanis an? Zum Teufel, hat dich Parker angesteckt? Das hat doch Zeit bis morgen.«

Und ich hänge ein.

Vierter Abend: Der Empfang

Es ist wie eine Reise in die Vergangenheit. Als wir 1987 den Europacup im Basketball gewonnen hatten, war ich als Mitglied einer Polizeieinheit vor der Athener Pferderennbahn stationiert. Wir warteten auf die Massen, um ihre Begeisterung in geordnete Bahnen zu lenken. Siebzehn Jahre später stehe ich im Kallimarmaro-Stadion an der Spitze einer Polizeieinheit, die den VIP-Bereich abschirmt, und wir warten auf die Ankunft der Fußballeuropameister. Ich habe nach langer Zeit wieder einmal Uniform angelegt, und ich fühle mich, als wäre ich gerade der Mottenkiste entstiegen.

Der Empfang im Kallimarmaro-Stadion ist für sieben Uhr angesetzt. Doch es ist bereits acht, und der Bus mit den Europameistern ist noch nicht aufgetaucht. Es ist heiß, und mein Kopf unter der Mütze ist ganz verschwitzt. Ich setze mich mit Vlassopoulos in Verbindung, der in der Nähe des Ejinitio-Krankenhauses positioniert ist.

»Siehst du Licht am Ende des Tunnels?«

»Nein, und seit neuestem heißt es, sie würden insgesamt fünf Stunden bis zum Kallimarmaro-Stadion brauchen.«

»Womit sind sie denn unterwegs? Mit einem Eselkarren?«

»Mit einem Bus, aber sie sind in der Menge eingekeilt und kommen nur mit zehn Stundenkilometern voran.«

Das Stadion ist seit fünf Uhr zum Bersten voll, und das macht mich unruhig. Bislang mußten wir kein einziges Mal einschreiten. Die Leute rufen Parolen und singen ununterbrochen. Sie kommen kaum zum Atemholen. Doch je später es wird, desto ungeduldiger werden sie, und bald werden sie sich irgendwie abreagieren müssen. Die ersten anti-albanischen Sprüche machen bereits die Runde.

»Albaner, Albaner, Grieche wirst du nie, Albaner, Albaner, fick dich doch ins Knie!«

»Also wirklich, schämt ihr euch nicht! Seid ihr hergekommen, um den Titel zu feiern, oder um Leute zu beschimpfen, die euch nichts getan haben?« Diese Worte kommen von einem Fünfzigjährigen, der aufgesprungen ist, um den jungen Männern hinter ihm die Meinung zu sagen.

»Ist es nicht genug, daß sie uns die olympischen Anlagen für einen Kanten Brot bauen, müssen wir sie obendrein auch noch beschimpfen?« fügt sein Nachbar hinzu.

Den jungen Leuten gehen die beiden am Arsch vorbei, und sie fahren mit ihren anti-albanischen Parolen fort.

Ein Polizeiobermeister steigt vom VIP-Bereich zu mir herunter.

»Die Nerven liegen blank«, meint er. »Der Erzbischof und die Bürgermeisterin sind wegen der Verspätung ungehalten und geben uns die Schuld daran.«

Das sagt er mir, wo doch meine eigenen Nerven blank liegen, weil ich das lange Stehen nicht mehr gewohnt bin – meine Füße tun mir weh.

»Sag ihnen, daß bei so vielen Leuten im Kallimarmaro-Stadion unmöglich ein Hubschrauber landen kann. Sonst hätten wir sie mit einem Helikopter eingeflogen.«

Die Lieder und Parolen rundum gehen in Jubel über und in den Aufschrei »Da, da, die Europameister!«, als die Fußballer endlich das Stadion betreten. Einige begeisterte Fans stürmen von den Rängen und wollen ihnen um den Hals fallen, worauf unsere Leute einschreiten und versuchen, die Leute zurückzuhalten.

An ein paar Fußballergesichter kann ich mich erinnern, doch die meisten Namen sind mir nicht hängengeblieben. An Zagorakis und den »verrückten Deutschen«, wie Otto Rehhagel von den Anhängern genannt wird, kann ich mich mit Gesicht und Namen erinnern, von dem »Stahlschädel«, wie Adriani ihn nennt, dem Spieler, der im Endspiel das Tor geschossen hat, ist mir der Name entfallen.

Der Erzbischof schreitet von den Rängen herab, und ich bereite mich darauf vor, die erzpriesterliche Version unseres fußballerischen Erfolges zu hören, als sich mein Funkgerät meldet.

»Kommen Sie sofort zur Einsatzzentrale!« höre ich Gikas' Stimme. »Ich schicke einen Ersatzmann.«

»Was ist passiert?«

»Kommen Sie her, Sie werden schon sehen.«

Sein Tonfall läßt mich bereits erahnen, was mich erwartet. Ich setze mich mit Margaritis, dem Leiter der Einsatzzentrale, der auch mein Freund ist, in Verbindung, in der Hoffnung, etwas mehr zu erfahren.

»Komm hier vorbei. Darüber kann man am Telefon nicht sprechen«, meint er, und meine Unruhe wächst.

Vor dem Kallimarmaro-Stadion herrscht ein undurchdringliches Menschengewühl. Die fanatischen Anhänger, die den Bus eskortiert haben, wollen auch ins Stadion, und unsere Leute versuchen sie zurückzudrängen, da das Stadion bereits aus allen Nähten platzt und drin der Teufel los ist. Ich brauche etwa eine halbe Stunde, um einen verfügbaren Streifenwagen aufzutreiben, mit dem ich in die Einsatzzentrale fahren kann. Margaritis nimmt mich in Empfang.

»Jetzt wirst du verstehen, warum ich es dir nicht sagen konnte«, meint er und führt mich zu einer langen Reihe von Fernsehbildschirmen.

Davor sitzen Techniker in Zivil, unter ihnen auch Gikas. Sein Blick klebt an den Bildschirmen.

»Sieh dir die Nummer drei an«, sagt Margaritis.

Dort erkenne ich einen Mann, der die Hand mit der *Moutsa* der Kameralinse entgegenstreckt. Er ist, wie auch seine Vorgänger, nackt und hat die rechte Hand erhoben. Doch zwei Unterschiede gibt es. Erstens ist er schwarz, und zweitens wurde nichts auf seinen Körper geschrieben, sondern er trägt ein Schild um den Hals.

»Die Aufnahme hat uns vor kurzem der Zeppelin geschickt«, höre ich wieder Margaritis sagen. »Er war auf einem Probeflug und hat jemanden auf einer Bank sitzend entdeckt, der die Hand zur *Moutsa* erhoben hatte.«

»Zeigen Sie die ganze Serie«, meint Gikas.

Auf dem Bildschirm folgt eine Aufnahme der anderen, und alle zeigen den Toten aus verschiedenen Blickwinkeln. Doch die interessieren mich gar nicht. Mich interessiert nur das Schild.

»Kannst du das vergrößern, damit ich die Aufschrift lesen kann?« frage ich Margaritis.

Der Techniker vor mir tippt etwas in seine Computertastatur. Die Aufnahme wird immer größer, bis ich das Schild deutlich lesen kann: HISBOLLAH. Bravo, die ganze Bandbreite, damit keine Organisation sich beschweren kann! sage ich mir.

»Wo hat man ihn gefunden?« frage ich unbestimmt in die Runde.

Der Techniker drückt wieder seine Tasten. Unten links lese ich: »Ermou-Straße, 20:20 Uhr«.

»Und dann sag noch mal einer, daß der Zeppelin sein Geld nicht wert war!« bemerkt Gikas. »Der findet die berühmte Stecknadel im Heuhaufen.«

Eine *Moutsa* im Heuhaufen.

»Auf welcher Höhe der Ermou-Straße?« frage ich den Techniker.

»In dem Abschnitt, der kürzlich für die Olympiade zur Fußgängerzone umgewandelt wurde. Nach dem Ajion-Assomaton-Platz.«

»Ich habe bereits veranlaßt, daß der Bereich abgeriegelt wird«, sagt Gikas. »Machen Sie sich auf den Weg, und ich benachrichtige Parker.«

»Muß das sein?«

Er blickt mich mit saurer Miene an.

»Ich kann keine Unannehmlichkeiten gebrauchen, nur weil Sie von Natur aus dickköpfig sind«, meint er.

»Geben Sie mir wenigstens eine Stunde Vorsprung.«

Ich erhalte keine Antwort auf meine Bitte, aber ich weiß, daß er sie mir gewähren wird. Zunächst einmal informiere ich Gerichtsmediziner Stavropoulos und die Spurensicherung. Danach setze ich mich über Funk mit meinen beiden Assistenten in Verbindung und weise sie an, am Ajion-Assomaton-Platz auf mich zu warten.

Wir fahren über den Alexandras-Boulevard, um dem Verkehr auszuweichen, und sind dank unserer voll aufgedrehten Sirene nach zehn Minuten am Ajion-Assomaton-Platz. Vlassopoulos und Dermitsakis befinden sich bereits vor Ort, Stavropoulos und die Spurensicherung sind noch nicht eingetroffen.

Wir überqueren den Platz und betreten die neue Fußgängerzone in der Ermou-Straße. Rechterhand liegt ein neoklassizistisches Bürgerhaus, dessen Renovierung noch nicht beendet ist. Vierzig Meter weiter sitzt der Tote auf einer Bank, genau gegenüber einer kleinen Anhöhe, die in einer Art Treppenabsatz endet. Ein hölzernes Geländer führt dort hinauf. Auf der Aufnahme ist es nicht zu erkennen, aber hier vor Ort sieht es so aus, als zeige er jemandem auf dem Treppenabsatz die *Moutsa*.

Aus der Nähe wirkt er älter als auf der Aufnahme. Sein krauses Haar ist graumeliert. Die Hälfte der unteren Zähne in seinem halb offenen Mund fehlt. Er muß über fünfzig sein, doch bei den Schwarzen weiß man nie so genau. Es ist nicht ausgeschlossen, daß er aufgrund seiner angegriffenen Gesundheit älter wirkt.

»Schon wieder keine sichtbare Verletzung!« höre ich Stavropoulos hinter mir sagen. »Außer, man hat ihn hinterrücks erstochen, aber das bezweifle ich.« Trotzdem tritt er hinter die Bank und wirft einen prüfenden Blick auf den Toten, um ganz sicherzugehen. »Nichts. Weder ein Einstich noch ein Einschußloch im Schädel.« Er will schon seine Utensilien auspacken, als ich ihn unterbreche.

»Nehmen Sie ihn gleich mit zur Autopsie. Lassen Sie uns keine Zeit verlieren.«

Gerade als die Leiche zum Krankenwagen abtransportiert wird, kommt eine schwarze Limousine angeschossen und bleibt direkt vor uns stehen. Parker springt heraus.

»Wait, wait!« schreit er und läuft auf den Krankenwagen zu. *»I must have a look at him.«*

»Wartet, er will ihn sehen«, sage ich zu den Krankenträgern.

Sie lassen die Tragbahre sinken und blicken Parker neugierig an, der über den Toten gebeugt dasteht und ihn genau studiert. Stavropoulos erklärt ihm, daß es keine Spuren von Gewaltanwendung gibt.

»Das ist ja übel. *This is sick!*« schreit er außer sich. »Und es wird bestimmt noch übler, weil die Islamisten eine Landplage sind.« Danach wendet er sich mir zu. »Und Sie haben bislang nichts getan!« meint er. *»You have done nothing so far.«*

»Wieso, haben Sie vielleicht etwas erreicht?« frage ich wutschäumend zurück.

Er hat die Antwort schon parat. »Das liegt in Ihrer Verantwortung. *It's your job.* Wir sind nur zu Ihrer Unterstützung da.« Und dann verkündet er mir, daß Gikas uns zu einem Meeting erwartet. *Now!* Ich weiß nicht, ob Gikas die Sitzung wollte oder ob sie ihm aufoktroyiert wurde.

Er bietet an, mich in seiner Limousine mitzunehmen. »Vielen Dank, ich bin mit einem Streifenwagen da«, sage ich. Er hat mich unzählige Male angefeindet, und ich habe nicht vor, wegen seines Angebots in seiner Schuld zu stehen.

Glücklicherweise habe ich Parker in weiser Voraussicht gesagt, wir träfen uns in Gikas' Büro, denn sobald ich den Flur betrete, erkenne ich einen Schwarm Reporter vor meiner Bürotür. Lügen haben bekanntlich kurze Beine. Die ersten beiden Male konnten wir die Leichen totschweigen, aber den neuen Fall muß ihnen jemand hinterbracht haben.

»Was ist das für eine Geschichte mit dem Toten in der Fußgängerzone, Herr Kommissar?«

»Stimmt es, daß er die Handbewegung der *Moutsa* macht?«

»Und daß er ein Schild um den Hals trägt, auf dem ›Hisbollah‹ steht?«

Ich versuche, ihnen den Wind aus den Segeln zu nehmen:

»Momentan kann ich dazu nichts sagen.«

»Was soll denn die Geheimniskrämerei?« ertönt die aufgebrachte Stimme eines TV-Reporters. »Es soll ja nicht der erste Tote sein.«

»Gibt es Hinweise auf einen Terroranschlag?« fragt ein anderer.

»Fassen Sie sich in Geduld, es wird eine offizielle Verlautbarung geben.«

Diese Aussicht beruhigt sie einigermaßen, und es gelingt mir, mich aus dem Staub zu machen.

»Aber wie haben sie davon Wind bekommen?« wundert sich Gikas.

»Aus der Einsatzzentrale«, komme ich ihm zu Hilfe. »Jemand ist auf dem Weg zur Toilette schnell mal telefonieren gegangen.«

Er blickt mich kommentarlos an. Parker hat sich an unserem Gespräch, das auf griechisch stattfand, nicht beteiligt, doch nun unterbricht er uns mit einer neuen Theorie. Zwar trampelt er mir auf den Nerven herum, aber ich muß zugeben, daß er der erste ist, der Ideen produziert.

»Diese nackten Körper wollen uns etwas sagen. Es ist eine Botschaft. *It's a message.*«

»Was für eine Botschaft?« wundert sich Gikas.

»Das Gefängnis von Abu Ghraib«, entgegnet Parker triumphierend. »Die wüstesten Aufnahmen aus Abu Ghraib zeigen alle nackte Iraker. Daran will man uns erinnern.«

»Interessante Idee«, meint Gikas befriedigt. In seiner Verzweiflung greift er nach jedem Strohhalm.

»Da gibt es aber etwas, was aus dem Rahmen fällt.«

Parker wendet sich mir zu und blickt mich an.

»Was fällt aus dem Rahmen?«

»Die *Moutsa. This.*« Und da ich nicht weiß, wie man *Moutsa* auf englisch sagt, recke ich den ausgestreckten Arm mit der geöffneten Handfläche in die Höhe, damit er begreift. »Die *Moutsa* ist eine rein griechische Handbewegung. Ausgeschlossen, daß Araber sie kennen.«

Parker hat wieder eine Antwort parat:

»Das machen sie, um uns in die Irre zu führen. *They are trying to mislead us.* Und das zeigt, daß die Täter in Griechenland leben und diese Geste kennen. Wir müssen nachforschen, wer von den hier lebenden Irakern Angehörige in Abu Ghraib hat.«

Zu Hause erwarten mich Katerina und Fanis, die noch ganz begeistert sind von Lissabon.

»Das bißchen, was wir von der Stadt sehen konnten, hat uns wahnsinnig gefallen!« erzählt Katerina. »Und wie freundlich die Leute waren! Denk dir, Mama, obwohl sie enttäuscht waren, daß sie verloren hatten, haben sie uns lächelnd die Hand gedrückt.«

»Wir hätten das doch genauso gemacht!« bemerkt Adriani kurzerhand.

Meine Gedanken wandern zu den jungen Männern, die im Kallimarmaro-Stadion Albaner beschimpften. Fanis will schon den Mund aufmachen, doch ich kriege mit, wie Katerina ihm bedeutet, still zu sein.

»Mir war so, als hätte ich dich jubelnd und springend auf dem Bildschirm gesehen«, sage ich.

»Keine Ahnung, was ich in meiner Begeisterung gemacht habe. Nicht ausgeschlossen, daß ich jubelnd herumgesprungen bin.«

»Alle sind herumgesprungen. Ist doch pervers, nicht zu jubeln!« fügt Fanis hinzu.

Das Gespräch wird vom Klingeln meines Handys unterbrochen.

»Todesursache war Nierenversagen«, höre ich Stavropoulos' Stimme sagen. »Als Opfer kann man ihn daher gar nicht bezeichnen. Die eine Niere fehlte. Vielleicht hat man sie entfernt, vielleicht hat er sie verkauft. Kann ich Ihnen nicht mit Gewißheit sagen.«

»Todeszeitpunkt?«

»Vor etwa vierundzwanzig Stunden.«

Urplötzlich weiß ich, was mich an Parkers Theorie stört. Die Toten waren nicht nackt, weil sie auf das Gefängnis von Abu Ghraib verweisen sollten. Sie waren nackt, weil man sie aus der Pathologie oder aus der Totenkammer eines Krankenhauses entführt hatte.

Epilog: Zurück zum Alltag

Katerina kehrt mit dem Acht-Uhr-Zug nach Thessaloniki und zu ihrer Doktorarbeit zurück. Ich fahre sie zum Bahnhof, weil Fanis Frühdienst im Krankenhaus hat. Katerina rechnet damit, daß sie ihre Doktorarbeit in einem Semester einreichen und dann nach Athen zurückkehren kann – zur großen Freude aller Beteiligten, vorwiegend meiner, da mir dadurch ihre Aufenthaltskosten in Thessaloniki erspart bleiben.

Der Alltag hat uns wieder mit seinen Schlaglöchern, den aufgegrabenen Straßen, der Schienenlegung für die Straßenbahn, den Arbeiten an der Vorortbahn und den aufgerissenen Gehsteigen. Bis ich den Mirafiori heil durch all diese Fallen gelotst und unversehrt vor dem Haus abgestellt habe, bin ich ganz durchgeschwitzt.

»Immerhin haben die neuen Gehsteige auch eine Blindenspur«, informiert mich Adriani.

»Vielleicht hat man Blinde mit Blindgängern verwechselt.«

»Wieso?«

»Blindgänger haben wir in Griechenland genug, aber so viele Blinde, daß sich eine eigene Spur auszahlt, gibt's hier doch gar nicht!«

Sie wirft mir einen ungehaltenen Blick zu und packt den Einkaufskorb, um auf den Wochenmarkt zu gehen. Sie will nämlich Auberginen kaufen und Fanis heute abend sein Lieblingsessen zubereiten: Auberginen Imam.

Ich beschließe, mit öffentlichen Verkehrsmitteln zur Dienststelle zu fahren. Streifen für Blinde gibt es schon, aber eigene Fahrstreifen für Klapperkisten noch nicht. Und wenn der Mirafiori in einem Schlagloch versinkt, dann holt man ihn bestimmt auf einer der Rolltreppen heraus, die in der letzten Zeit wie Pilze aus dem Boden schießen.

Ich steige zweimal um, und nach einer halben Stunde bin ich am Alexandras-Boulevard angelangt. Vlassopoulos erkennt mich schon von weitem und läuft mir entgegen.

»Wir haben ihn gefunden!« meldet er zufrieden. »Er war im Tsannio-Krankenhaus in Behandlung.«

»Sag dort telefonisch Bescheid, daß ich den Leiter der Dialysestation sprechen möchte.«

Der Leiter heißt Meskos und ist an die Vierzig. Er erwartet uns in seinem Büro, vor ihm liegt bereits das geöffnete Krankenblatt des Afrikaners. Er greift danach und blättert darin herum.

»Sein Name war Abdallah Abu Sahin, und er stammte aus dem Sudan«, sagt er. »Geburtsjahr 1960. Er war seit März 2002 bei uns in Behandlung.«

»Die Autopsie hat ergeben, daß er nur eine Niere hatte. Stimmt das oder ist sie posthum entnommen worden?«

»Nein, er hatte nur eine. Er hatte angegeben, die zweite sei ihm entfernt worden, was auch das wahrscheinlichste ist. Daß er sie in seinem Gesundheitszustand verkauft hat, will ich fast ausschließen. Aber wenn es um Transplantationen geht, kann man nie sicher sein.«

»Ist er im Krankenhaus verstorben?«

»Nein. Soweit ich sehe, hatte er einen Behandlungstermin, zu dem er nicht erschienen ist.«

Der Leiter blickt auf seine Uhr, um mir zu verstehen zu geben, daß er mir alles gesagt und Besseres zu tun hat. Ich verstehe ihn vollauf, doch ich habe noch eine letzte Frage.

»Wenn er im Krankenhaus verstorben wäre und keiner nach ihm gefragt hätte, wo wäre er gelandet?«

»In der Pathologie«, entgegnet er prompt. »Wenn er in seine Heimat überführt werden soll, muß eine Adresse vorhanden sein, damit seine Angehörigen verständigt werden können, und jemand muß die Kosten übernehmen.« Er macht eine kleine Pause und fügt dann hinzu: »Aber üblicherweise ist beides nicht der Fall, und der Tote endet zu Forschungs- oder Lehrzwecken in einem Labor oder an der medizinischen Fakultät.«

Ich beauftrage Vlassopoulus und Dermitsakis zu recherchieren, ob jemand an dem Tag, als der jeweilige Tote auftauchte, oder am Vortag einen verdächtigen Wagen in der Nähe der Pathologie bemerkt hat. Dann trennen sich unsere Wege, denn ich begebe mich in die gerichtsmedizinische Abteilung.

Stavropoulos sitzt an seinem Schreibtisch und

füllt Formulare aus. Er hebt den Kopf und blickt mich überrascht an.

»Welch seltener Besuch! Sie schauen hier doch sonst nie vorbei.«

»Ich wollte Ihnen eine Frage stellen, aber nehmen Sie sich ruhig Zeit mit der Antwort. Könnte es sein, daß Sie einen der drei Toten schon einmal gesehen haben, bevor wir Sie zur Autopsie bestellt haben?«

»Wo sollte ich sie denn schon mal gesehen haben? In der U-Bahn?« fragt er spöttisch.

»Nein, hier. In der Pathologie.«

»Wollen Sie mich auf den Arm nehmen?«

Ich breite meine Theorie vor ihm aus. Die drei Toten müssen entweder aus der Totenkammer eines Krankenhauses oder aus der Pathologie entwendet worden sein. Der zweite und der dritte waren nicht im Krankenhaus verstorben. Wenn man das auch für den ersten annimmt, den mit dem Herzschlag, dann müssen alle Leichen aus der Pathologie gestohlen worden sein.

Meine Theorie gefällt ihm gar nicht. Er springt auf und meint empört:

»Sind Sie noch bei Trost, Kommissar? Wofür halten Sie die Pathologie? Für einen Selbstbedienungsladen?«

»Wie groß war denn die Gefahr für den Leichendieb, entdeckt zu werden? Die Rede ist von drei Arabern, nach denen kein Hahn krähte. Er konnte sicher sein, daß niemand nach ihnen fragen würde.«

»Wissen Sie, auch wir sind eine öffentliche Behörde. Auch wir legen Archive an und schreiben Protokolle.«

»Ist schon klar. Aber sehen wir doch mal, wo sich unsere Ansichten decken. Die Geste der *Moutsa*, das Markenzeichen aller drei Toten, muß vor Eintritt der Totenstarre geformt worden sein, richtig?«

»Richtig.«

»Folglich muß der Leichendieb direkten Zugang zu den Toten gehabt haben.«

»Auch richtig.«

»Und jetzt kommt meine Frage: Wenn um drei Uhr morgens eine Leiche gebracht wird, archiviert ihr die sofort oder erst am nächsten Morgen?«

Er fühlt sich in die Enge getrieben und läßt sich die Antwort aus der Nase ziehen:

»Normalerweise erst am nächsten Morgen.«

»Folglich hätte derjenige, der Schicht hatte, den Toten entsprechend formen und nach draußen schaffen können, ohne daß jemand etwas bemerkt hätte. Der Eingang der Leiche war nirgendwo verzeichnet, und somit existierte sie für euch gar nicht.«

Er stößt einen tiefen Seufzer aus. »Wer sollte denn auf so etwas kommen...«, flüstert er.

»Niemand. Ich anfangs auch nicht. Tun Sie mir einen Gefallen: Fragen Sie ganz diskret nach, ob in den drei Nächten, als die Toten abhanden kamen, zufällig immer derselbe Mitarbeiter Dienst hatte.«

Seine kurze Abwesenheit nutze ich dazu, um Vlassopoulos anzurufen. Mich interessiert, ob man einen verdächtigen Wagen ausfindig machen konnte.

»Wir haben einen Hinweis auf einen Toyota Yaris erhalten, Herr Kommissar. Das jeweilige Datum paßt. Er ist einem Nachbarn, der aufgrund seiner Schlaflosigkeit die ganze Nacht auf dem Balkon zubringt, aufgefallen. Er nahm an, es ginge um Drogenhandel, da der Wagen immer gegen zwei Uhr morgens auftauchte. Gegen drei ging er dann schlafen, und da war der Yaris noch da. Am anderen Morgen war er weg.«

»Farbe?«

»Silbergrau, aber aufgrund der Dunkelheit kann der Zeuge das nicht beschwören.«

Stavropoulos ist zurück und setzt sich an seinen Schreibtisch. An seiner Miene kann ich ablesen, daß auch er meine Theorie nach und nach bestätigen wird.

»Pavlos Orkopoulos, ein temporärer Angestellter. Er war alle drei Nächte hier.«

»War das seine normale Schicht?«

»Am ersten Abend ja, an den beiden anderen nicht. Er hat mit einem Kollegen getauscht. Er ist Student an der Fachhochschule und sagte, er wolle lieber nachts, wenn es ruhig ist, arbeiten, da er sich dabei auf die Prüfungen im September vorbereiten könne.« Er hält inne und blickt mich an. »Was tun wir jetzt?«

»Nichts. Wenn ich ihn zur Befragung vorlade, wird er alles abstreiten, und wir können schwer nachweisen, daß er die Leichen entwendet hat. Aber jemand muß die Leiche ins Olympiastadion geschafft haben. Also muß es einen Mittäter geben.«

Ich rufe Ingenieur Kalavrytis im Olympiastadion an und kündige meinen Besuch an, in einer Viertelstunde am Eingang der Baustelle.

»Schalte die Sirene ein, und drück auf die Tube«, sage ich zu Vlassopoulos, der mich mit dem Streifenwagen abholt. Ich will rechtzeitig dasein, bevor irgendein Schlaumeier Parker benachrichtigt, der dann nur im Weg steht.

Kalavrytis geht nervös am Eingang auf und ab.

»Gibt es Neuigkeiten?« fragt er, und sein Blick sagt mir, es wäre ihm lieber, es gäbe keine.

»Ich möchte die Liste der akkreditierten Fahrzeuge der Baustelle sehen.«

Seine Unruhe wächst. »Wenn irgendein Skandal droht, dann muß ich die Firmenleitung verständigen. Ich kann die Verantwortung dafür nicht übernehmen.«

»Das, wonach wir suchen, hat weder etwas mit der Firma noch unmittelbar etwas mit der Baustelle zu tun«, beruhige ich ihn.

Er führt mich wieder in den Bürocontainer und läßt mich warten. Ich sitze auf glühenden Kohlen, doch glücklicherweise erleide ich keine Verbrennungen ersten Grades, da Kalavrytis nach fünf Minuten mit der Liste zurückkehrt. Irgendwo in der Mitte finde ich den Yaris. Ich lese den Namen des Halters: Sotiris Koumerkas. Ich lasse Vlassopoulos den Yaris überprüfen, und dann rufe ich diesen Sotiris zu mir. Es ist der Bauführer, der Albanischkenntnisse in seinem Lebenslauf aufführt.

»Werden wieder Albaner befragt?« meint er lächelnd.

»Nein, mit den Befragungen der Albaner sind wir fertig. Ich möchte Ihnen nur eine Frage stellen. Ich möchte wissen, wie ihr die Toten transportiert habt.«

»Wen?«

»Die Toten aus der Pathologie. Eingewickelt in ein Bettlaken?«

Seiner Antwort geht eine kleine Pause voran.

»Sie haben es also herausgekriegt!« sagt er ungerührt und mit einem Lächeln auf den Lippen.

»Ja, und wir kennen auch Ihren Mittäter. Orkopoulos.«

Nach wie vor lächelt er mir locker zu. »Auf dem Rücksitz des Wagens. Wir haben sie auf den Rücksitz gesetzt und nach einigen Metern das Laken bis zum Bauch heruntergeschoben.« Er lacht auf. »Sie haben wie Mitfahrer ausgesehen, die gerade den Fahrer vor uns mit der *Moutsa* beschimpfen.«

»Ich begreife nicht, warum Sie das getan haben.«

»Auf die Idee hat mich Orkopoulos gebracht. Eines Nachmittags haben wir zusammen im Auto gesessen, und ich sah, wie er alle naselang die Geste der *Moutsa* gemacht hat. Als ich ihn fragte, wem er sie denn zeige, meinte er, den Kameras, die für die Olympiade überall aufgestellt worden waren. ›Ich zeige den Bullen hinter den Kameras die *Moutsa*‹, sagte er. Da kam mir die Idee, wie wir die Sicherheitssysteme der Olympischen Spiele lächerlich machen konnten.«

»Warum denn lächerlich machen? Was haben Sie sich davon versprochen?«

»Na hören Sie mal, Herr Kommissar!« ruft er ärgerlich. »Siebzigtausend Polizeibeamte auf den Straßen plus Kameras plus Zeppelin! Wir wollten die Austragung der Olympischen Spiele und sind in die Zeit der Junta zurückverfallen. Und alles nur, weil die Amerikaner uns die Furcht vor dem Terrorismus einimpfen wie einen Virus. Sie machen uns abhängig von Sicherheitssystemen. Die wollten wir durch die Toten mit der *Moutsa* lächerlich machen, um zu beweisen, daß all das keinen roten Heller wert ist.«

»Was die Kameras betrifft, habt ihr euch verrechnet. Da sitzen keine Polizeibeamten dahinter. Da steckt eine Kassette drin, die den Straßenverkehr aufzeichnet. Und soll ich Ihnen, ganz unter uns, was sagen? Die Hälfte davon wird in kürzester Zeit außer Betrieb sein. Denn unsere Leute werden keine Lust haben, andauernd die Kassette zu wechseln, oder es einfach vergessen oder überhaupt Besseres zu tun haben.«

Einen Moment lang blickt er enttäuscht drein. Doch dann rappelt er sich wieder auf.

»Ja, aber der Tote, der vom Zeppelin aufgezeichnet wurde, das war genial!« ruft er begeistert aus. »Denken Sie nur, ein ganzer Zeppelin wird für zwei Millionen Euro im Monat gemietet, nur um einen Toten mit der *Moutsa* aufzuzeichnen. Das war genial, das müssen Sie zugeben!«

»Mann, Koumerkas, das ist doch alles zeitlich begrenzt. Damit werden wir doch nicht gleich in die Juntazeit zurückversetzt, die Sie ohnehin gar nicht miterlebt haben.«

Er lacht erneut auf. »Kommen Sie schon, Herr Kommissar! In Griechenland laufen die Uhren anders. Nichts ist dauerhafter als ein Provisorium, und nichts provisorischer als eine dauerhafte Lösung. Lassen Sie mich Ihnen ein Beispiel geben. Eines Morgens verkünden Ihre Leute: Es werden strenge Kontrollen durchgeführt und hohe Strafen über diejenigen Motorradfahrer verhängt, die ohne Helm unterwegs sind. Ein Dreitageswunder, wie meine Mutter immer sagt. Nach diesen drei Tagen vergeht den Beamten die Lust, und alles kehrt wieder zum alten zurück. Jetzt sagt man, die Kameras seien nur vorläufig da, nur für die Olympischen Spiele. Wollen wir wetten, daß nach der Olympiade hundert Gründe gefunden werden, sie nicht abzumontieren und statt dessen dauerhaft zu installieren?«

»War Ihnen das eine Gefängnisstrafe wert?«

»Wir haben dem Volk unsere Stimme geliehen!« meint er stolz. »Morgen werden Presse und Fernsehen auf unserer Seite stehen, wenn sie nicht gar unsere Anerkennung als politische Gefangene fordern. Selbst wenn man uns für zwei Jahre einbuchtet, werden wir so prominent wie Kenteris und Thanou. Wenn wir dann ein Café eröffnen, verlangen wir für das Kaffee Frappé vier Euro und fünf für ein Bierchen, und in einem Jahr haben wir den Laden abbezahlt.«

Ich übergebe ihn an Vlassopoulos und benachrichtige Dermitsakis, er möge Orkopoulos, den künftigen Teilhaber des Cafés, ins Präsidium schaffen. Als ich die Baustelle verlasse, kommt Parkers Limousine auf mich zugeschnellt. Sie bleibt genau vor mir stehen, und Parker springt heraus.

»Was hat das zu bedeuten?« bellt er auf englisch. »Warum haben Sie mich nicht informiert? Das machen Sie alles hinter meinem Rücken. *You are operating behind my back.*«

»*Finish*«, sage ich kurz angebunden.

Er blickt mich wie vom Donner gerührt an. »*Finish?*« wiederholt er mechanisch. »*What do you mean?*«

Er steht vor mir wie der Trainer der Portugiesen, und mich überkommt die Lust herumzuspringen wie Otto Rehhagel, der die Außenseitermannschaft übernommen und zum Europameistertitel geführt hat.

»Alles ist erledigt!« erkläre ich. Und ich erläutere ihm die Einzelheiten.

Er hört mir mit offenem Mund zu, und als ich fertig bin, gibt er keinen Mucks von sich. Doch hinterher bricht er in Lachen aus und klopft mir begeistert auf die Schulter.

»*Great, Kostas!*« ruft er aus und fährt auf englisch fort: »*Now, I'm sure that nothing will happen.* Nun bin ich sicher, daß nichts passieren wird.«

»Wieso das denn? Sind wir in Ihrer Wertschätzung gestiegen?« frage ich spöttisch.

»Wenn ihr uns verrückt machen könnt, dann treibt ihr sicher auch al-Qaida in den Wahnsinn!« entgegnet er, legt den Arm um mich und schiebt mich in seine Limousine.

Ein Kindermärchen

Der Alte kam jeden Nachmittag um drei in den kleinen Park. Jahrein jahraus trug er dasselbe karierte Sakko und dieselbe dunkle, an den Knien abgewetzte Hose. Auf seinem Glatzkopf saß eine Baskenmütze, die ihm im Winter vor der Kälte und im Sommer vor der Sonne schützte. Stets saß er auf derselben Parkbank. Die erste halbe Stunde verbrachte er damit, zurückgelehnt und mit halb geschlossenen Lidern vor sich hinzudösen. Nach einer halben Stunde schlug er die Augen auf, klemmte den Spazierstock zwischen seine Schenkel, stützte die Hände auf den Griff und gab sich dem Studium der Parkbesucher hin.

Wie er es schaffte, tagtäglich dieselbe Parkbank leer vorzufinden, bleibt ein Rätsel. Vielleicht weil die Parkbesucher gemerkt hatten, daß er jeden Tag zur selben Stunde kam, und die Bank aus Taktgefühl oder aus Respekt vor seinem Alter nicht besetzten. Oder vielleicht weil die Mütter, immer wenn er kam, gerade ihre Sprößlinge im Kinderwagen zum

Mittagessen nach Hause gefahren hatten. Und die Müßiggänger zogen die rundum liegenden Cafés vor, wo man Kaffee Frappé und Cappuccino bekam.

Der einzige Stammgast, dem der Alte beim Gang in den Park begegnete, war ein kleines dunkelhäutiges Mädchen, das so schwarz war, daß es nachts bestimmt mit der Dunkelheit verschmolz. Nur seine Locken schimmerten von Kastanienbraun bis Dunkelblond. Es trug saubere Kleidung, manchmal Jeans und T-Shirt, dann wieder ein geblümtes Kleidchen. Stets jedoch hatte es dieselben winzig kleinen Turnschuhe an den Füßen.

Der Alte traf das kleine Mädchen im Park auch dann an, wenn kein anderes Kind mehr dort war. Was er nicht wußte, war, daß es um acht Uhr morgens kam und den ganzen Tag lang dort blieb. Es wurde von einem etwa dreißigjährigen Mann mit kahl geschorenem Kopf gebracht, der genau so schwarz wie das Mädchen war. Er setzte es auf eine Parkbank und ging fort. Das Mädchen streckte beide Arme aus und tastete nach den leeren Plätzen neben sich, als wolle es die unbewohnten Zimmer einer Wohnung erforschen. Dann erhob es sich, drehte eine kleine Runde, blieb dabei bei den anderen Parkbänken stehen und kehrte wiederum zu seiner zurück. Manchmal dachte es sich verschiedene Spiele aus: Es berührte im Laufen alle Bäume des Parks, oder es beschrieb, auf einem Bein hüpfend, einen Kreis in der Mitte des Parks. So vertrieb es sich zwei Stunden lang die Zeit, bis um zehn die ersten Kinder mit ihren Müttern und Großmüttern eintrafen.

Nicht daß die anderen Kinder mit dem Mädchen gespielt hätten. Die einheimischen Besucher des Parks folgten strengen Verhaltensregeln. Die Kleinen, deren Mütter und Großmütter miteinander verkehrten, hatten auch untereinander Kontakt. Das schwarze Mädchen hatte niemanden und blieb daher allein. Zudem sprach es kein Griechisch. Ein paar Kinder versuchten halbherzig, es in ihre Reihen aufzunehmen. Als sie sahen, daß sie sich mit ihm nicht verständigen konnten, verloren sie das Interesse. Das schwarze Mädchen hatte jedoch gelernt, sich am Rand der einheimischen Kindercliquen aufzuhalten. Es spielte zwar allein, doch immer auf den Spuren anderer Kinder. So war es am Spiel beteiligt, ohne jedoch Zugang zu den Grüppchen zu finden.

Jeden Mittag um ein Uhr verließ das Mädchen für kurze Zeit den Platz, überquerte die schmale Straße und ging in den gegenüberliegenden Imbiß, der Teigtaschen mit verschiedenen Füllungen verkaufte. Es zog zwei Euro aus seiner Tasche und legte sie neben die Kasse. Dann ging es zum Blech mit den Käse- und Spinattaschen und den Pizzas und deutete mit seinem Fingerchen stets auf die gleiche Tyropitta. Die Verkäuferin wußte natürlich schon im voraus, welche Teigtasche das kleine Mädchen aussuchen würde, doch es deutete nach wie vor jeden Mittag darauf. Dann ging es mit der Tyropitta und einer Papierserviette in der Hand auf den Kühlschrank mit den Wasser- und Limonadenflaschen zu und nahm sich eine kleine Flasche Wasser heraus. Es kehrte mit der Tyropitta und dem Wasser auf den Platz zurück, setzte sich auf die Parkbank und aß sein Mittagessen. Dann warf es die Papierserviette und die leere Plastikflasche in den Mülleimer. Bis es mit dem Essen fertig war, hatte sich der Platz schon halb geleert.

Als das kleine Mädchen eines Tages wieder sein Mittagessen kaufen wollte, war die Tyropitta um zwanzig Cent teurer. Und so reichte das Geld nicht für die Käsetasche und das Wasser. Die Verkäuferin versuchte, dem Kind zu erklären, daß es noch zwanzig Cent dazulegen müsse, doch, wie gesagt, es verstand kein Wort Griechisch. Die Verkäuferin machte noch ein paar Anläufe und gab dann auf.

»Hör mal, heute lege ich die zwanzig Cent aus, aber von morgen an bringst du zwei Euro zwanzig mit, in Ordnung?« sagte sie zu dem schwarzen Mädchen, das sie verständnislos anblickte.

»Ist das dein Ernst?« mischte sich ihre Kollegin ein, welche die Käsetaschen in den Ofen schob. »Wie soll es denn begreifen, daß es nicht genug Geld dabei hat, wenn du den Rest drauflegst?«

Sie ließ das Blech liegen, nahm die zwei Euro, die das Mädchen wie jeden Tag neben die Kasse gelegt hatte, und drückte sie ihm wieder in die Hand. Dann deutete sie zuerst auf das Blech mit den Käsetaschen und dann auf den Kühlschrank mit den Getränken, sie zeigte auf die zwei Euro in der Hand des Mädchens und bedeutete ihm mit dem Finger: nein. Von der Kasse holte sie zwanzig Cent und fügte sie zu den zwei Euro dazu. Danach deutete sie wieder auf die Tyropittas und den Kühlschrank.

»Hast du jetzt verstanden?« sagte sie auf griechisch zu ihm, während sie die Zwanzig-Cent-Münze wieder zurücknahm. Der Unterricht endete mit einem Klaps auf den Hintern, womit sie dem Mädchen zu verstehen gab, daß es gehen sollte. Und es verstand und ging.

»Ach, das arme Ding! Jetzt kriegt es gar nichts zu essen!« bemerkte die Verkäuferin betrübt.

Ihre Kollegin erachtete es als überflüssig, offensichtliche Tatsachen zu kommentieren, und kehrte wortlos an den Ofen zurück.

Am selben Abend tauchte das schwarze

Mädchen noch einmal am Imbiß auf, zusammen mit dem Dreißigjährigen, der es jeden Morgen in den Park brachte. Es zeigte ihm die zwei Euro in seiner Hand und deutete dann auf die Kasse. Die Verkäuferin verstand, was das Kind wollte, klaubte ein Zwanzig-Cent-Stück heraus und hielt es hoch. »Die Tyropittas kosten jetzt zwanzig Cent mehr«, erklärte sie. Der Mann nickte lächelnd und strich dem Kind über die Locken. Als es am nächsten Tag wiederkam, hatte es zwei Euro und zwanzig Cent bei sich.

»Siehst du? Einen Tag lang hat es nichts zu essen gekriegt, und schon hat es begriffen!« triumphierte die eine Verkäuferin über die andere. Sie war stolz, daß sich bestätigt hatte, daß Härte effektiver war als Milde.

Der Alte hatte von alldem nichts bemerkt, er wußte nicht einmal, daß das Mädchen sich von einer Käsetasche und Wasser ernährte. Denn immer wenn er in den kleinen Park kam, hatte es schon gegessen und spielte alleine. In der ersten Zeit maß der Alte dem Mädchen keine Bedeutung bei. Er saß auf der Bank und hielt den Spazierstock zwischen die Schenkel geklemmt. Nach einer halben Stunde etwa änderte er seine Position. Er legte den Stock neben sich, lehnte sich zurück und verschränkte die Arme vor dem Bauch. Sein Blick schweifte über den Horizont, der dreißig Meter vor ihm lag. Wer weiß, vielleicht dachte er über die Kafenions nach, die früher rund um den Platz lagen, wo man den ganzen Tag bei einem griechischen Mokka verbringen und ein paar Freunden beim Tavlispiel zusehen konnte. Nun waren Cafés an die Stelle der Kafenions getreten. Einmal hatte er probiert, sich in eines davon zu setzen, nachdem er lange gezögert hatte, da er die Kombination aus Plastikstühlen und Metalltischchen nicht leiden konnte. Ein Kafenion hatte Holzstühle mit geflochtener Sitzfläche und Holztische, auf die man beim Preference-Spiel die Karten knallen konnte, so daß am Nachbartisch die Gläser klirrten. Doch da es keine andere Lösung gab, biß er die Zähne zusammen. Sobald er sich hingesetzt hatte, eilte ein Kellner auf ihn zu. Bevor er einen süßen Mokka bestellen konnte, fiel ihm der junge Mann ins Wort.

»Onkel, das Café ist was für junge Leute, du fühlst dich hier nur fehl am Platz«, meinte er und fügte hinzu: »Vielleicht reißen sie sogar dumme Witze über dich, das wäre doch bitter.« Und dann deutete er auf die Parkbank. »Warum gehst du denn nicht dorthin?« meinte er. »Sieh mal, die Bänke sind frisch gestrichen, sogar Blumenbeete haben sie angelegt. Unter den Bäumen bist du gut aufgehoben.«

Der Alte wollte ihm schon sagen, zu seiner Zeit habe eine romantische Landschaft aus Thymianbüschen, Kiefern und Wildblumen bestanden, und nicht aus drei verkümmerten Beeten, die während der Olympiade die grüne Lunge Athens bilden sollten. Doch das behielt er für sich, denn er fürchtete mit einem Mal, die Stimmung könne umschlagen und der Kellner von der Lobpreisung landschaftlicher Romantik zu einer öffentlichen Verhöhnung übergehen. Er wußte, daß er mittlerweile ein »Tattergreis« war, doch es war etwas anderes, das selbst zu wissen als es nachgerufen zu bekommen. Wortlos ging er über die schmale Straße und setzte sich auf die Parkbank. Seit jenem Tag war er dankbar, daß man ihm den Platz dort überließ. Der Park bedeutete im Vergleich zum Kafenion zwar einen Abstieg, doch er freute sich, daß er es geschafft hatte, überhaupt irgendwo einen Stammplatz zu ergattern.

Das schwarze Mädchen bemerkte den Alten zuerst. Wahrscheinlich hatte er seine Aufmerksamkeit erregt, als er zurückgelehnt auf der Parkbank saß – reglos, mit geschlossenen Augen und seinem Stock in der rechten Hand. Kleine Kinder halten einen Schlafenden schnell für tot. So kam es auf ihn zu, um ihn näher und genauer zu betrachten.

Doch der Alte war weder tot noch schlummerte

er. Durch seine halb geschlossenen Lider beobachtete er, wie das Mädchen näherkam. Er sah, wie es vor ihm stehenblieb und ihn betrachtete. Da riß er plötzlich die Augen auf und hob drohend die rechte Hand mit dem Spazierstock.

»Weg hier, du Murkel! Weg hier!« schrie er dem Kind zu. Doch seine Kraft erlahmte bald, er konnte den Stock nicht länger schwingen, und so ließ er die Hand rasch wieder sinken.

Das schwarze Mädchen war nicht sonderlich erschrocken. Es wich nur einen Schritt zurück und blickte den Alten weiterhin neugierig an. Der murmelte inzwischen nur noch tonlos vor sich hin: »Neger, Araber, Albaner, aus aller Herren Länder... Ein Wunder, wenn man überhaupt noch Griechisch auf der Straße hört... Wir leben in einer Demokratie, heißt es dann... Wehe, wenn sie losgelassen... Metaxas hat nicht einmal Mussolini und seine Italiener nach Griechenland reinlassen wollen, heutzutage werden wir von Albanern und Negern überschwemmt...«

Das kleine Mädchen hörte dem Alten aufmerksam zu, obgleich es kein Wort verstand. Vermutlich war es fasziniert von seiner vornübergebeugten Haltung, mit der er auf seine Fußspitzen starrte und vor sich hinmurmelte. Doch das Interesse des Kindes erlahmte bald. Kurze Zeit später erschien der nachmittägliche Schwung der einheimischen Parkbesucher, und das Mädchen lief hin, um sich erneut der Selbsttäuschung hinzugeben, am Spiel teilzuhaben.

Am nächsten Tag brach am frühen Nachmittag ein Unwetter herein, und der Alte kam nicht. Das Kind suchte unter dem Vordach des Imbisses Schutz. Die Verkäuferin sah, wie es sich an die Wand preßte, um nicht naß zu werden, und hatte Mitleid. Sie schob es in den Laden und drückte es auf einen Schemel.

»Das arme Ding, es wird ja klitschnaß«, rechtfertigte sie sich ihrer Kollegin gegenüber.

Die andere wollte schon sagen, daß es nicht ihre Aufgabe sei, sich mit fremden Kindern abzugeben, und daß die Kundschaft gewiß nicht begeistert sein würde, wenn ein schwarzes Mädchen auf einem Schemel mitten im Laden saß und die Kunden anglotzte. Ganz abgesehen davon, daß schwarz grundsätzlich mit Dreck assoziiert wurde, was auf die Kundschaft abstoßend wirken könnte. Doch sie wollte sich mit ihrer Kollegin nicht anlegen und schichtete wortlos die Orangenlimonaden in den Kühlschrank. Schließlich regnete es ja nicht jeden Tag.

Die Verkäuferin deutete das Schweigen der Kollegin als Einverständnis, nahm eine kleine Spinattasche aus der Vitrine und bot sie dem Mädchen an. Die andere sagte wieder nichts, doch sie dachte, wenn es auch am nächsten Tag regnete, würde sie der Großzügigkeit der Kollegin einen Riegel vorschieben müssen.

Glücklicherweise hörte der Regen am späten Abend auf. Am nächsten Morgen schien die Sonne, und die Parkbänke waren wieder trocken. So konnte das kleine Mädchen wieder im Park herumschweifen und der Alte seine Bank aufsuchen. Wieder gelang es ihm, ohne daß er es darauf angelegt hätte, die Aufmerksamkeit des Kindes auf sich zu ziehen. Es kam auf ihn zu und musterte ihn. Diesmal saß er nicht zurückgelehnt und mit halb geschlossenen Lidern da. Er stützte sich mit beiden Händen auf seinen Stock, und seine Augen waren weit offen, doch sie blickten wie immer ins Leere.

Schließlich zwang ihn die hartnäckige Anwesenheit des Kindes, seinen starren Blick auf es zu richten. Getreu seinen Prinzipien und Vorurteilen packte er seinen Stock und fuchtelte bedrohlich in seine Richtung.

»Fort, fort! Komm mir nicht zu nahe, sonst krieg ich noch Läuse! Das würde mir jetzt gerade noch fehlen.«

Der Alte hatte zunächst nicht bemerkt, daß das Mädchen ganz allein im Park war. Eines Tages kam er rein zufällig dahinter. Er ließ seinen Blick umherwandern und konnte keine anderen Schwarzen erkennen. Daraus schloß er, daß das Mädchen allein war. Anfangs dachte er, seine Begleitung hätte rasch etwas erledigen müssen. Doch als er am zweiten und dritten Tag dieselbe Beobachtung machte, wurde ihm klar, daß das schwarze Kind allein im Park war. »Schau mal einer an«, bemerkte er zu sich selbst. »Die lassen ihre Kinder wie Straßenköter im Park herumlaufen. Wenn sie abends nicht nach Hause zurückkommen, machen sie sich keine Gedanken, ob sie sich verlaufen haben oder ob ein Auto sie überfahren hat. Sie danken Gott, daß sie ein Maul weniger zu stopfen haben.«

Mit diesen Worten machte er seinem Abscheu Luft, aber das Kind begann ihn doch auch zu interessieren. Am nächsten Nachmittag fuchtelte er zwar wieder herum, aber diesmal in die andere Richtung, und statt den Stock gegen das Mädchen zu erheben, führte er ihn zu sich selbst heran. Gleichzeitig flüsterte er »Komm... Komm...« mit jener honigsüßen Stimme, die alte Leute perfekt beherrschen. »Komm, ich muß dir was sagen... Komm...«

Das Kind hatte zwei Schritte zurück gemacht, wie jedesmal, wenn der Alte es mit seinem Stock bedrohte, und es schaute ihn fragend an. Es war, als spielten sie jeden Tag das gleiche Spiel: Der Alte jagte das Mädchen mit dem Stock weg, und es trat zwei Schritte zurück, um ihn aus sicherer Distanz zu beobachten. Doch diesmal war das Kind vom veränderten Klang in der Stimme des Alten überrascht und angezogen. Der Alte bemerkte das, legte seinen Stock beiseite und winkte es mit der Hand zu sich heran.

Das Mädchen faßte Mut und kam einen Schritt näher. »Komm, setz dich neben mich«, sagte der Alte und klopfte mit der Handfläche auf den Platz neben sich auf der Parkbank, um ihm zu verstehen zu geben, daß er es in sein Reich einlud. Doch das Mädchen zögerte, ihm so weit entgegenzukommen. Schließlich hatte er noch bis gestern mit dem Stock gedroht, und diese plötzliche Freundlichkeit erschien ihm verdächtig.

Der Alte begriff, daß das Mädchen sich nicht neben ihn setzen würde, und bevor es ihm entwischte, stellte er eilig die Frage, die ihm auf der Zunge brannte:

»Bist du denn allein? Ist sonst keiner bei dir?« Aus seiner Stimme war der süße Klang verschwunden, worauf das Mädchen lieber fortrannte.

Doch der Alte hatte nicht vor, so schnell aufzugeben. Er versuchte es am nächsten Tag wieder. Diesmal sorgte er dafür, daß das Mädchen vor seinem Stock nicht erschrak. Sofort sang er sein

»Komm, ich muß dir was sagen, komm...« Und erneut lud er es durch sanftes Klopfen auf das Holz seiner Parkbank ein.

Ein wenig war es der Stock, der nicht gefuchtelt wurde, ein wenig der freundliche Klang der Stimme – beides brachte das Mädchen dazu, Vertrauen zu fassen und ein wenig näher zu kommen. Auf die Parkbank setzte es sich jedoch nicht.

»Bist du allein hier? Wo ist deine Mama?« fragte der Alte das Mädchen plötzlich. Es merkte an seiner Stimme, daß er sich mit ihm unterhalten wollte, und so blieb es weiter vor ihm stehen, obwohl langsam wieder die ersten Kinder auftauchten. Vielleicht erschien es ihm interessanter zu erraten, was der Alte ihm zu erzählen hatte, als täglich neben den anderen Kindern her zu spielen.

»Die kommen und setzen euch im Park aus wie Straßenköter. Deine Mutter muß sicher arbeiten, damit ihr was zu essen habt, aber wäre es da nicht besser, ihr wärt in eurem Dorf geblieben? Wenn ich bloß wüßte, was es hier Besonderes gibt, daß ihr alle angetanzt kommt. Ein scheußlicher Ort ist das hier. Dort wärt ihr in eurem Dorf, und ein Dorf ist etwas anderes. Du kennst alle, und alle kennen dich, und jemand hat Mitleid und gibt dir einen Teller zu essen. Hier ist die Fremde. Als ich nach Athen kam, mit fünfundzwanzig, war es ein Dorf, und jetzt lebe ich in der Fremde. Ich kenne niemanden, und niemand kennt mich.«

Das Kind hörte der Rede des Alten ganz versunken zu. Es verstand kein Wort, doch vielleicht war es der Klang der Stimme, der es an die Alten in seiner Heimat erinnerte. Die alten Leute sprechen überall auf der ganzen Welt im gleichen Tonfall und fuchteln auf dieselbe Art mit ihrem Spazierstock. Die übrigen Generationen sind verschieden, die Alten sind überall gleich.

»Und du verbringst hier den ganzen Tag allein? Mutterseelenallein?« fuhr der Alte fort. Nun blickte er dem Mädchen in die Augen. Dessen Blick offenbarte, daß es nichts von seinen Worten verstand, aber das störte ihn überhaupt nicht. »Tja, was bin *ich* denn? Auch mutterseelenallein. Und ich bin kein Neger wie du, sondern Grieche. Bei dir ist das verständlich, aber bei mir? Du kannst wenigstens herumspringen. Ich sitze stundenlang auf dieser Bank, und bin ich dann wieder zu Hause, brüte ich auf meinem Stuhl weiter. Sie sollten sich mehr bewegen, sagt der Kassenarzt. Ich bewege mich ja, aber was bringt das? Ich schleppe mich herum, weil es der Arzt so verlangt.« Er blickte das Mädchen an, als wäre ihm eine großartige Idee gekommen. »Sag mal, dort in eurem Dorf sitzen doch die Alten im Schneidersitz vor den Hütten, alle rabenschwarz, und die Jungen gehen vorüber und küssen ihnen die Hände, was? Hier sitzen wir auf einer Parkbank, und die blicken sich nicht einmal nach uns um. Und der Kassenarzt brüllt mir alles ins Ohr, als wäre ich taub. Der denkt sich, der ist alt, taub und meschugge, dem muß man alles ins Ohr brüllen.«

Mit einem Mal, so als schämte er sich für das Bekenntnis seiner Schwächen oder als sei das Kind verantwortlich für seine Mühen und Plagen, packte er wieder seinen Stock und begann damit herumzufuchteln. »Jetzt reicht's aber. Fort mit dir, du Murkel, fort!«

Das Mädchen hatte sich schon längst mit den plötzlichen Stimmungsumschwüngen des Alten abgefunden und war nicht überrascht. Es lief zu den Kindern hinüber und begann sein einsames Spiel.

Die Treffen zwischen dem Alten und dem Mädchen wurden in den folgenden Tagen zur lieben Gewohnheit. Der Alte lehnte sich zunächst zurück, schloß die Augen und döste eine halbe Stunde. Solange er schlief, kam das Mädchen nicht näher. Es wartete, bis er die Augen aufschlug und es mit dem gleichbleibenden Zuruf »Komm her ... Komm, ich muß dir was sagen ... Komm ...« heranwinkte. Jedesmal nahm das Mädchen seine Einladung an, als hätte es den Besuch beim Alten in sein tägliches Programm aufgenommen. Und der erzählte ihm jeden Tag den gleichen Kummer und die gleichen Beschwerden, bis er genug hatte und es mit seinem Stock fortscheuchte.

Die Beziehung wurde noch enger, als das Mädchen der beharrlichen Einladung des Alten folgte und endlich neben ihm auf der Parkbank Platz nahm. Es verschränkte die Arme, blickte ihn an und wartete darauf, daß er mit seinem unverständlichen Monolog begann, den es jeden Tag zu hören bekam. Diesmal jedoch hörte es etwas anderes, oder zumindest kam es ihm durch den veränderten Tonfall so vor. Und in der Tat, als wolle der Alte es belohnen, begann er von seiner Tochter zu erzählen, die in Kanada verheiratet war und ihm jedes Jahr zu Weihnachten eine Glückwunschkarte auf englisch und einen Wollpullover schickte. Zu Hause lagen vierzehn Pullover, so viele Jahre lebte seine Tochter schon in Kanada, alle funkelnagelneu, denn er hatte keinen davon je getragen, da sie alle für das kanadische Klima geschaffen waren. Wenn man die in Athen trug, war man bald in Schweiß gebadet. Wie konnte sie nur das heimatliche Klima vergessen, wie konnte sie nur meinen, in Athen wäre es genauso kalt wie in Vancouver.

Das war der Beginn einer wunderbaren Freundschaft, wie Humphrey Bogart zu Claude Rains in *Casablanca* sagt. Der Alte lud das Mädchen auf seine Bank ein, und es saß da und hörte ihm zu. Nach wie vor verstand es kein Wort, doch die Modulationen seiner Stimme und der Ausdruck seines Gesichts, das sich in Falten legte und wieder glättete, halfen dem Mädchen, seine Geschichten zu verstehen. Von dem Alten lernte es auch sein erstes griechisches Wort: Opa.

»Ich bin der Opa«, sagte er. »Opa..., sag Opa«, und er buchstabierte das Wort.

Das schwarze Mädchen sprach ihm das Wort nach. An den folgenden Tagen rief es immer mal wieder zusammenhanglos: »Opa! Opa!« Doch wenn es genug davon hatte, löste es sich von dem Alten und ging spielen. Der Alte ärgerte sich, wenn ihn das Mädchen sitzenließ, doch sosehr er auch nach ihm rief, es kehrte jeweils nicht mehr zu ihm zurück. Da erinnerte sich der Alte an einen alten Kunstgriff, mit dem man sich Freundschaft erkaufen konnte. Nach ein paar Tagen rief er dem Kind zu: »Komm, sieh mal, was ich für dich habe. Komm...« Und er zog ein Bonbon aus seiner Sakkotasche. Er wedelte damit hin und her, doch als das Mädchen herankam und danach greifen wollte, zog er es plötzlich zurück und verlangte, es solle sich zuerst zu ihm setzen. Seit jenem Tag trug der Alte in seiner Sakkotasche stets einen Vorrat an Bonbons bei sich, um das Mädchen anzulocken, und sei es nur so lange, bis sich das Bonbon in seinem Mund aufgelöst hatte. Wenn es manchmal versuchte, das Bonbon zu zerkauen, um schneller wieder wegzukommen, hielt es der Alte mit erhobenem Zeigefinger davon ab.

»Nicht... Auf keinen Fall... «, sagte er. »Das macht die Zähne kaputt.«

Anfänglich sagte er das, um das Mädchen von der Mogelei mit dem Bonbon abzuhalten, doch bald schon begann er sich tatsächlich um das Kind zu sorgen. Denn als eines Tages ein Junge das Mädchen wegschubste und es hinfiel, schimpfte der Alte und drohte dem Jungen mit dem Stock.

Von da an blieb der Alte länger im kleinen Park. Vor sich selbst rechtfertigte er sein Verhalten damit, daß das Wetter angenehm war und er keinen Grund hatte, schnell wieder in seine Zwei-Zimmer-Wohnung zurückzukehren. Eigentlich blieb er jedoch, um auf das Mädchen aufzupassen, selbst wenn er es sich selbst nicht eingestand. So lernte er auch den Schwarzen mit dem kahl geschorenen Schädel kennen, der es immer abholte. Sobald er den Park betrat, ließ das Mädchen alles liegen und stehen, lief auf ihn zu und faßte ihn an der Hand. Ein paarmal deutete es auf den Alten und sagte »Opa! Opa!«. Der Mann lächelte ihm zu und sprach in einer unverständlichen Sprache mit dem Mädchen. Der Alte hätte ihm gerne mit strenger Miene gesagt, daß man sein Kind nicht einfach so, wie einen Straßenköter, den ganzen Tag im Park ließ. Doch er sah den kahl rasierten Schädel und wie groß und kräftig der Mann war, und da schwieg er lieber. Er war schwarz, also unberechenbar, wer weiß, wozu der fähig war. Doch er hatte auch noch vor etwas anderem Angst: Daß er sich seinen Vorwurf zu Herzen nehmen und das Mädchen nicht mehr in den Park bringen könnte.

Die Beziehung des Mädchens zu dem Alten, der immer Bonbons in Reserve hatte, um es anzulocken, und der bis abends blieb, um auf es aufzupassen, dauerte einige Wochen, bis der Alte eines Tages, völlig überraschend, nicht mehr in den Park kam. Das Mädchen wunderte sich anfangs und starrte wortlos auf den leeren Platz auf der Parkbank, doch nach einigen Tagen saßen andere auf dem Platz des Alten, und so kehrte es zu seinem ursprünglichen Programm zurück: es wartete auf die Kinder, um neben ihnen her zu spielen.

Die Abwesenheit des Alten wäre ganz unbemerkt geblieben, hätte nicht eine der Mütter, die nachmittags kamen, zu zwei anderen gesagt:

»Also, erinnert ihr euch an den alten Mann, der immer auf der Bank da drüben gesessen hat?«

»Wer? Der, der mit dem schwarzen Mädchen gespielt hat?«

»Ja. Den hat man tot in seiner Wohnung gefunden. Scheinbar wollte man bei ihm einbrechen, und dabei wurde er umgebracht.«

»Herrgott, was ist das für eine Welt!« bekreuzigte sich die eine.

»Hat man sie erwischt?« fragte die andere.

»Wo denkst du hin!« Die gutinformierte Frau zuckte mit den Achseln. »Jedenfalls muß er sie gekannt haben, denn die Tür war nicht aufgebrochen, auch nicht das Fenster. Also muß er sie hereingelassen haben. Das glaubt zumindest die Polizei.«

»Die Polizei hat doch keine Ahnung«, stellte diejenige, die sich bekreuzigt hatte, abschätzig fest.

Die Polizei wußte in der Tat nichts. Und sie hätte auch nie etwas herausgekriegt, wenn nicht eines Abends eine Nachbarin des Alten zufällig gerade in dem Augenblick am Park vorbeigegangen wäre, als der Schwarze mit dem kahl rasierten Schädel das Mädchen abholte. Sie lief sofort zur Polizei und sagte aus, daß er es gewesen sei, der vor dem Wohnhaus herumgelungert habe.

Die Polizei erfuhr schließlich von den Parkbesuchern, daß der Alte immer mit dem schwarzen

Mädchen gespielt hätte und das Kind ihn Opa genannt habe. Auch mit dem Schwarzen gab es keine Probleme. Fast sofort gestand er den Mord und gab den Namen des Mittäters preis.

»So sind die«, bemerkte die gutinformierte Mutter verächtlich. »Die gestehen genauso leicht, wie sie töten.«

Das einzige Problem, wenn man es als Problem bezeichnen wollte, war das schwarze Mädchen. Die Bewohner des Wohnhauses hatten keine Frau ein- und ausgehen sehen, nur den Mann und das Mädchen, das sie für seine Tochter hielten. Und in der Wohnung selbst wurde bei der Durchsuchung durch die Polizei eine Matratze mit einer Decke gefunden, auf der das Kind offenbar schlief. Die Betten waren gemacht und die Wohnung war geputzt. Kein einziges schmutziges Glas fand man in der Küche.

So landete das schwarze Mädchen beim Kindernotdienst. Das Personal bemühte sich darum, seinen Namen zu erfahren, doch bald stellte sich heraus, daß es kein Wort Griechisch sprach. Sie sprachen es auf englisch und auf französisch an, aber man konnte sich nicht mit ihm verständigen. Es kannte nur eine seltsame Sprache, die keiner verstand, und das Wort »Opa«. So beschlossen sie, ihm den Namen »Marina« zu geben. Sie hätten natürlich den richtigen Namen vom Vater erfahren können, doch was hätte das für einen Sinn gehabt? Wer wußte schon, wann er aus dem Gefängnis kommen und ob er sich dann überhaupt dafür interessieren würde, was aus seiner Tochter geworden war. Für sie war es besser, einen griechischen Namen zu haben.

Das schwarze Mädchen gewöhnte sich rasch an den Namen Marina, und schon bald sprach es so gut Griechisch, daß ihm das Wort »Opa« gar keinen besonderen Eindruck mehr machte. Nach einem Jahr war es – mit Ausnahme seiner Hautfarbe – zu einem richtigen kleinen Griechenkind geworden. Auch das ist ein Weg zur Integration.

Tatjanas Emanzipation

Der blonde Kopf war über die Kasse gebeugt, reglos. Er blieb es den ganzen Abend über, bis das Lokal schloß. Von weitem erinnerte er an eine steinerne Büste, als hätte irgendein Bildhauer diesem gesichtslosen Schuppen namens *Odessa* ein wenig Grazie und Schönheit verleihen wollen. Wieso hatte eine pontusgriechische Flüchtlingsfamilie den Namen *Odessa* dem *Odissos* der Heimatvertriebenen vorgezogen? Vielleicht wußten sie nicht, daß *Odessa* auf griechisch *Odissos* hieß. Vielleicht sollte *Odessa* den Eindruck vermitteln, daß im Lokal russische Küche serviert wurde. Das zumindest stand außer Zweifel. In einer Zeit, da die Neugriechen Schweinekotelett durch Lendchen an Mispelmus mit Walnußstückchen und Makrele vom Grill durch *Loup de mer* in Ananas- und Orangenmarinade ersetzt hatten, servierte das *Odessa* echten russischen Borschtsch und klassischen russischen Salat, der nichts mit der in Griechenland geläufigen Variante zu tun hat, die in Imbißstuben mißbräuchlich auf Sandwiches gepinselt wird.

Vom Erscheinungsbild her war das *Odessa* ganz dem Lebensgefühl griechischer Billiglokale nachempfunden: Resopaltische, auf denen Papiertischdecken mit Waffelmuster und dem Aufdruck »Guten Appetit« lagen, und Brotkörbchen, die mit Besteck und Papierservietten garniert waren. An der Wand zur Linken hing der Nachdruck einer Gravur, die das Odessa des neunzehnten Jahrhunderts abbildete. Das übrige Bildprogramm bestand aus touristischen Fotoaufnahmen griechischer Inseln.

Und da war noch Tatjanas schöner, über die Kasse gebeugter Hals. Man hätte glauben können, sie lege es darauf an, die Aufmerksamkeit der männlichen Kundschaft zu erregen. Denn ihre totale Hingabe an die Welt der Zahlen hatte zur Folge, daß sich die Besucherzahl der Herrentoiletten, die sich neben der Kasse befanden, nahezu verdoppelte. Männer jeder Altersklasse defilierten an ihr vorüber und hofften, sie würde, von ihrer Ausstrahlung verführt, den Blick heben. Was sie erreichten, war einzig und allein, daß sich eine Schlange vor dem Eingang zu den Toiletten bildete.

Vielleicht hätten sie von ihren hoffnungslosen Bemühungen Abstand genommen, wenn sie den

Grund für Tatjanas auf die Kasse gehefteten Blick erfahren hätten: die wachsamen Augen ihres Vaters. Das *Odessa* war ein Unternehmen der Familie Serchidis beziehungsweise Serchow, wie sie sich in der ehemaligen Sowjetunion genannt hatte. Maria, die Mutter, hatte die Küche übernommen. Die beiden Söhne, Vangelis und Iosif, kellnerten und Tatjana, der jüngste Sproß, saß an der Kasse. Der einzige, der nichts tat, war Vassilis, der Vater. Er hatte den Oberbefehl und die wachsamen Augen.

Als sie 1993 nach Griechenland gekommen waren, hatte Vassilis auch seine Haßliebe zum sowjetischen Regime mitgebracht: Eine Seite des sozialistischen Systems akzeptierte er, eine andere wies er mit angeekelter Miene von sich. »Die Partei und der Kreissekretär überwachen mich, ohne selbst etwas zu tun«, sagte er für gewöhnlich. »Ich beuge den Kopf, halte den Mund und arbeite, weil das System es so verlangt. Bei mir zu Hause aber bin ich die Partei. Dort überwache ich und tue nichts, während meine Frau und meine Kinder den Kopf beugen, den Mund halten und arbeiten.«

Das bildete für Vassilis die Seite des Systems, die er akzeptierte. Diejenige, die er ablehnte, betraf seine Tochter Tatjana. Als sie ihm erzählte, sie wolle Agrarökonomie studieren, verabreichte er ihr eine schallende Ohrfeige und schickte sie in die einzige Produktionseinheit, die ein Haushalt aufweist: in die Küche.

»Von diesem kommunistischen Gewäsch, daß alle jungen Männer und Frauen studieren müssen, halte ich nichts«, meinte er. »Bei uns werden die Mädchen erst mal Hausfrauen, bis man sie mit einem netten jungen Mann verheiratet.«

Marx unterstrich zwar, der Sozialismus würde den neuen Menschen schaffen, doch Vassilis kannte Marx nicht, er kannte nur den Kreissekretär. Die Sowjetunion wurde aufgelöst, Vassilis nahm seine Familie und kam nach Griechenland, um auch hier dieselbe sozialistische Keimzelle zu errichten – so wie er sie verstand. Das System funktionierte prächtig bis zu dem Tag, als er beschloß, das Speiselokal zu eröffnen. Da stellte sich ihm die Frage: Was sollte er mit Tatjana anfangen, einer jungen Frau von zweiundzwanzig Jahren, hellblond, blauäugig, langbeinig und zart wie eine Elfe? Erst dachte er, sie zu Hause einzuschließen. Aber sollte sie bis zu ihrer Rückkehr um drei Uhr morgens allein zu Hause bleiben? Da kam ihm der Gedanke mit der Kasse. So würde sie sowohl dem Unternehmen dienen als auch unter seiner Aufsicht stehen.

Die erstarrte Büste, welche die Kunden jeden Abend erblickten, war Vassilis' Werk. Tatjana spürte ständig den Blick des Vaters, selbst wenn er in der Küche oder gar nicht im Lokal war. Denn in seiner Abwesenheit kontrollierten sie die Brüder mit ihren Blicken. Also lernte sie, ihren Kopf gebeugt zu halten und nur Hände zu sehen – die Hände ihrer Brüder, wenn sie die Rechnungen holten –, Stimmen zu hören und die Befehle aufzuschreiben: »Ein Kartoffelsalat für Tisch zwei! Drei Borschtsch für Tisch elf!«

Mit der Zeit schärfte sich ihr Gehör wie bei einer Blinden. Sie konnte aufgrund der Stimmen im Lokal sagen, wie viele Gäste an jenem Abend da waren, wer Stammgast war und wer zum ersten Mal kam. Ihr genügte der Klang der Stimme, um zu wissen, wer an welchem Tisch saß.

Das *Odessa* lag an der Ajion-Assomaton-Straße, in einer Gegend, wo sich die Oberschicht und der Bodensatz Athens trafen, wo der Pelzmantel der Kunstlederjacke und der Mercedes dem dreirädrigen Motorkarren begegnete. Es gehörte sicherlich nicht zu den teuren Restaurant-Bars, die sich in den neoklassizistischen Bauten eingenistet hatten. Es war in einem alten Handwerksbetrieb mit nackten hohen Fenstern untergebracht. Doch dank der russischen Küche hatte das *Odessa* bald einen gewissen Ruf erworben. Nach und nach sank unter den Gästen die Zahl der Kunstlederjacken, während die der Mäntel aus Kamelhaar und Schurwolle stieg.

Es war Vassilis Serchidis' großer Traum, das *Odessa* zu einem Restaurant mit weiß gestärkten Tischdecken, weiß gestärkten Servietten und Silberbesteck zu machen, ganz so wie eines jener Etablissements, in denen damals am Schwarzen Meer die Parteifunktionäre verkehrten.

»Hier geben Butterbrotpapier und Tischtücher mit Waffelmuster den Ton an«, sagte er für gewöhnlich. »Mir kommt das ja entgegen, aber ich muß schon sagen: Bei uns drüben ging's aristokratischer zu.«

Restaurants wie jene am Schwarzen Meer, in denen die Parteibonzen dinierten, hätte er bestimmt in den nördlichen Athener Vororten finden können. Doch Vassilis kannte die Vororte im Norden Athens genausowenig, wie er Marx kannte.

Möglicherweise kannte sie der Anführer der Athener Zweigstelle der russischen Mafia, der eines Samstagabends gegen elf Uhr, als das Lokal brummte, das *Odessa* besuchte. Er war mittelgroß, um die Vierzig und hatte markante Gesichtszüge. Einer der beiden Schläger in seiner Begleitung trat Iosif in den Weg und fragte auf russisch: »Der Chef?«

Iosif begriff sofort. Er deutete auf die Küche, während die Teller in seinen Händen klirrten. Der

Mafioso ging wortlos an ihm vorbei, und die beiden Schläger bezogen vor der Tür Stellung.

Tatjana spürte den Blick des Mafioso. Es war eines der wenigen Male, daß sie ihre Fassung verlor. Panik erfüllte sie, und sie wäre am liebsten hinter der Kasse verschwunden. Doch bald gewann sie ihre Fassung wieder, denn der Mafioso ging an ihr vorbei in die Küche. Er blieb vor Vassilis stehen und blickte ihn schweigend an, dann warf er noch einen Blick ins Lokal.

»Schöner Laden«, sagte er, als hätte sich sein erster Eindruck bestätigt.

Instinktiv legte Vassilis die Latte tiefer. »Ach was, ein billiger Schuppen. Stopft mit Müh und Not fünf Mäuler.«

»Kannst dir leisten, die Preise anzuheben. Du hast gute Kundschaft.«

»Wenn ich die Preise erhöhe, bleibt sie mir weg.«

»Angsthase«, sagte der andere und wiegte den Kopf. »Billigware verkauft sich nicht. Damit wir das begreifen, mußte bei uns alles den Bach runtergehen. Du solltest ein gehobenes Lokal führen, aber dafür brauchst du Schutz.«

Vassilis blickte ihm in die Augen. »Ich brauche keinen Schutz«, meinte er entschieden, als wolle er ihm beweisen, daß er kein Angsthase war.

Der andere hob die Schultern. »Schau dich um. Überall stellen Banken, Büros und Lokale Sicherheitspersonal ein. Wir machen dieselbe Arbeit zum halben Preis.«

»Ich brauche keinen Schutz«, wiederholte Vassilis.

»Denk drüber nach. Dabei verlierst du nichts. Wir sprechen uns wieder.«

Er trat aus der Küche, ohne Vassilis' Antwort abzuwarten. Vor der Kasse blieb er stehen.

»Schau mich an«, sagte er zu Tatjana.

Seine Stimme war weder rauh noch befehlend, sondern ein suggestives Flüstern. Tatjana gehorchte und hob langsam den Kopf. Sie spürte, wie sein forschender Blick über ihr Gesicht glitt, als wolle er jede Einzelheit festhalten. Doch diesmal hatte sie keine Angst. Sie ließ es zu, daß er sie in aller Ruhe musterte.

»Du bist schön«, sagte er mit derselben Flüsterstimme.

Tatjana senkte wieder den Blick, und der Mafioso entfernte sich. Sie hörte, wie die Tür des Lokals hinter ihm ins Schloß fiel.

Vassilis verfolgte die Szene von der Küche aus. Er hätte sich am liebsten auf den Mafioso gestürzt, doch der Leitsatz aus der Zeit der Sowjetherrschaft hielt ihn zurück: »Der Kreissekretär sitzt auf dem längeren Ast. Also halt den Mund, und tu deine Arbeit.« Er biß die Zähne zusammen, bis sie um drei Uhr morgens nach Hause gingen. Dann stürzte er sich auf seine Tochter und schrie: »Den Mafioso mußtest du anschauen, du Luder! Ausgerechnet den Mafioso!« Und unerbittlich schlug er auf sie ein. Die Familie zog es vor sich zu verkrümeln. Vassilis prügelte seine Tochter, bis ihm die Luft ausging. Dann ließ er mitten im Wohnzimmer von ihr ab und fiel, angezogen wie er war, ins Bett.

Am nächsten Abend kam der Mafioso wieder. Diesmal nahm er an einem Tisch Platz, aß und bezahlte seine Rechnung wie ein normaler Gast. Seit jenem Abend wurde er zum Stammkunden. Vassilis schäumte vor Wut, doch er wagte es nicht, sich mit ihm anzulegen. Dazu gab er ihm auch keinen Grund. Er aß mit seinen beiden Schlägern, zahlte und ging. Nur einmal fragte er Vassilis, ob er über seinen Vorschlag nachgedacht hätte. Vassilis wiederholte, er brauche keinen Schutz. Der andere bestand nicht weiter darauf, und das Thema hatte sich erledigt.

Doch Tatjana kam dafür zum Handkuß: Jeden zweiten Abend kühlte Vassilis sein Mütchen an ihr.

Der Telefonanruf riß sie aus dem Schlaf. »Das *Odessa* brennt«, sagte eine Stimme und hängte ein.

Vangelis, der älteste Sohn, hatte ganz verschlafen den Hörer abgenommen und brauchte eine Weile, um die Nachricht zu begreifen. Als ihm die Wahrheit dämmerte, weckte er die Familie, und alle sprangen in den Lieferwagen, um zum Lokal zu fahren.

Schon von weitem waren die Flammen zu sehen. Auf dem Bürgersteig gegenüber hatte sich eine Menschenmenge versammelt, und die Bewohner der umliegenden Häuser bestaunten von ihren Balkonen aus die Feuersbrunst. Zwei Löschzüge der Feuerwehr versuchten, das Feuer unter Kontrolle zu bringen, das sich im ganzen Gebäude ausgebreitet hatte. Vassilis begriff, daß nichts als die Grundmauern von seinem Restaurant übrig bleiben würden. Er näherte sich dem Feuerwehrhauptmann: »Was war es? Eine brennende Zigarette oder das Propangas?«

Der Feuerwehrmann drehte sich um. »Brandstiftung«, entgegnete er trocken. »Jemand hatte eine Rechnung mit dir offen.«

»Ich habe mit niemandem Streit. Hier in der Nachbarschaft kennen mich alle.« Im selben Augenblick kam ihm der Mafioso in den Sinn, aber er sagte nichts, so wie früher beim Kreissekretär: Er dachte zwar an ihn, erwähnte ihn aber mit keinem Wort.

»Das kannst du bei der Befragung erzählen«, meinte der Feuerwehrmann und wandte sich wieder seiner Arbeit zu.

Als er sich zu den Ermittlungen einfand, waren vom *Odessa* nur noch die Brandreste übrig. Er wurde über drei Stunden befragt, doch wiederum sagte er kein Wort über den Mafioso. Vor dem Feuerwehrgebäude wartete seine Familie mit dem Lieferwagen auf ihn. Alle, außer Tatjana.

»Wo ist Tatjana?« fragte er.

Die Familie blickte sich verlegen an. »Wissen wir nicht«, antwortete Iosif, der jüngere Sohn. »Als wir heimfahren wollten, war sie verschwunden.«

»Vielleicht ist sie schon zu Hause«, meinte Maria.

Doch dort war sie nicht. Und auch in den darauffolgenden Tagen tauchte sie nicht auf. Vassilis klapperte mit seinen Söhnen alle Schuppen ab, in denen sich Russinnen, Pontusgriechinnen und Ukrainerinnen prostituierten, doch ohne Erfolg.

Zwei Schicksalsschläge in einer Nacht waren zu viel für Vassilis. Um zumindest mit dem einen zu Rande zu kommen, untersagte er seiner Familie jegliche Erwähnung Tatjanas. Die beiden Söhne, stellvertretende Wahrer der Familienehre, beeilten sich, es ihm recht zu machen. Maria wagte keinen Einspruch und gab ihrer Trauer mit lautlosen Tränen Ausdruck.

Die beiden aufeinanderfolgenden Schicksalsschläge hatten Vassilis in seiner Haltung nur noch bestärkt, statt ihn zu erweichen. Er hatte ein wenig Geld auf der hohen Kante und beschloß, das Lokal wieder zu eröffnen. Er stürzte sich in die Arbeit und versuchte, Tatjanas Verschwinden zu vergessen. Schließlich waren seit dem Zusammenbruch der Sowjetunion Tausende junger Frauen von zu Hause verschwunden und erst in irgendeinem erdölexportierenden Land wieder aufgetaucht.

Eine Woche vor der Neueröffnung tauchte der Mafioso mit seinen beiden Schlägern auf.

»Na, viel Glück für die Zukunft«, sagte er freundschaftlich zu Vassilis. »Bravo, du bist tüchtig und gibst nicht so schnell auf.«

Vassilis blickte ihn an, außer sich vor Wut. »Ich zahl dir keine Schutzgebühr. Da schlafen wir lieber alle mit unseren Gewehren im Lokal. Dann zünd es nochmals an, wenn du dich traust.«

Der Mafioso lächelte. »Wer redet denn von Schutzgebühr?« meinte er freundschaftlich. »Wir reden von Teilhaberschaft.«

»Ich will keinen Teilhaber am Hals. Und schon gar keinen, der mir den Laden abfackelt.«

»Ich lege noch mal soviel Kapital drauf, damit du ein Luxusrestaurant daraus machen kannst, und der Gewinn wird sechzig zu vierzig geteilt.«

Vassilis zauderte. Einerseits sah er die Möglichkeit vor sich, wie sein Traum in Erfüllung gehen konnte, andererseits paßte ihm ein Mafioso als Teilhaber nicht. Doch dann dachte er mit kühlem Kopf noch einmal darüber nach. Hätte er denn jemals abgelehnt, wenn ein Kreissekretär ihm angeboten hätte, sein Teilhaber zu werden? »In Ordnung, aber fünfzig-fünfzig.«

Der Mafioso lächelte und klopfte ihm freundlich auf die Schulter, als Zeichen seines Einverständnisses. Das *Odessa* sollte tatsächlich zu einem Luxuslokal werden, mit gestärkten Tischdecken, Stoffservietten und Tafelsilber, wie eines jener Restaurants, in denen der Kreissekretär und die Parteibonzen getafelt hatten.

Eine Stunde vor der Neueröffnung sah Vassilis einen schwarzen Mercedes vorfahren. Einer der beiden Schläger stieg aus und öffnete die Wagentür. Die junge Frau, die aus dem Wagen stieg, trug einen teuren Pelzmantel und war perfekt geschminkt und frisiert. Vassilis hätte Tatjana fast nicht wiedererkannt. Zur Salzsäule erstarrt brachte er keinen Ton hervor. Seine Tochter ging gleichgültig an ihm vorbei und betrat das Lokal. Sobald er sich erholt hatte, eilte Vassilis hinter ihr her.

»Du Flittchen!« schrie er und wollte sich auf sie

stürzen, doch die beiden Schläger packten ihn und drückten ihn auf einen Stuhl.

Tatjana wandte sich lässig zu ihm um. Sie zog sich den Pelz von den Schultern und warf ihn über eine Stuhllehne. Darunter trug sie ein schwarzes Abendkleid. Ohren, Hals und Hände waren mit Schmuckstücken übersät.

»Von heute an wirst du an der Kasse sitzen«, sagte sie auf russisch zu ihrem Vater. »Die Aufsicht über das Restaurant übernehme ich. So hat Igor entschieden.« Dann wandte sie sich an ihre beiden Brüder, die alles mit offenem Mund verfolgten. »Ihr habt eine Woche lang Zeit, um von Kellnern zu *Maîtres* zu werden«, meinte sie, wieder auf russisch. »Sonst jage ich euch davon und stelle jemand anderen ein. Ich kann keine dahergelaufenen Zigeuner in meinem Restaurant gebrauchen.«

»Wer bist du denn, daß du mir befehlen kannst?« rief Vassilis wütend. »Dieses Lokal habe ich im Schweiße meines Angesichts aufgebaut.«

»Das weiß ich«, entgegnete seine Tochter kühl. »Deshalb überlasse ich dir auch die Hälfte. Doch wenn du dich nicht zu benehmen weißt, kaufe ich dir deine Hälfte ab und setze dich vor die Tür.«

Seit jenem Abend sagte Tatjana kein einziges griechisches Wort mehr. Sie sprach mit allen russisch. Und Vassilis hielt – wie früher in der Sowjetunion - wieder den Mund und tat seine Arbeit. Das Lokal gab ihm keinen Anlaß zur Klage. Unter Tatjanas Federführung warf es eine Menge Geld ab. Seine einzige Klage galt dem Verhalten seiner Tochter. Wie konnte sie bloß ihre Familie, ihre Heimat, ihre Muttersprache verleugnen?

Wenn er freilich Marx gelesen hätte, dann hätte er gewußt, daß Geld keine Heimat und keine Verwandtschaft kennt. Doch Vassilis hatte, wie gesagt, Marx nicht gelesen.

Kaffee Frappé

Die Braut, die diese Geschichte schreibt, hat mich auf eine Kykladeninsel geschickt, weitab vom Schuß und kaum größer als ein Felsenkap. Der Linienkahn spuckt uns um drei Uhr morgens mit zweistündiger Verspätung aus. Todmüde stolpern die Fahrgäste von Bord und ziehen ihre Siebensachen hinter sich her. Die Gepäckstücke hüpfen auf und ab, als ob sie Schlauchboote im Kielwasser einer Jacht wären.

Ich bin der einzige, den weder ein Eselkarren noch ein Empfangskomitee erwartet. Wozu sollte ich mich umblicken? Nur eine rohe Steinmauer in zehn Meter Entfernung und dahinter eine Palme schieben sich ins Licht der Hafenmole. Alles andere verschwimmt zu dunklen Umrissen. Ich habe mich schon fast damit abgefunden, zu Fuß zum Dorf gehen zu müssen, als ein mit Zwiebeln beladener Pritschenwagen neben mir anhält.

»Wohin soll's gehen, Landsmann?« fragt der Fahrer.

»Zum Dorf.«

»Steig ein.«

Ich klettere auf den Beifahrersitz, der Pritschenwagen fährt ächzend an, und alle zehn Meter erinnert sich der Auspuff an seine Bestimmung.

»Wo übernachtest du?« fragt der Fahrer.

»Weiß noch nicht.«

Wie soll ich ihm erklären, daß die Braut, die diese Geschichte schreibt, es genau so haben will? Ich soll auf einer kleinen Insel, weitab vom Schuß, ankommen – ohne Fahrzeug und ohne zu wissen, wo ich übernachten werde.

»Du hast Glück«, meint er. »Ich vermiete ein paar Zimmer.«

Ich blicke aus dem Fenster. Nur den schmalen Fahrbahnstreifen kann ich im Scheinwerferlicht erkennen. Der Fahrer ist verstummt und fährt wie in Trance. Da er sich seine Kundschaft bereits gesichert hat, braucht er keine Konversation mehr zu treiben.

Die Braut, die diese Geschichte schreibt, hat mich hierher geschickt, damit ich eine Fünfzigjährige umbringe. Sie heißt Aliki, und wenn ihr die Fotografie, auf der ich sie gesehen habe, nicht unrecht tut, dann handelt es sich um eine reizlose Brünette mit Kurzhaarschnitt und faltigem Gesicht. Sie blickt mit dem lüsternen Lächeln einer Trinkerin in die Linse und bemüht sich vergeblich, geliebt zu werden.

Als ich fragte, warum ich sie töten sollte, fuhr mir die Braut über den Mund: »Ruhe jetzt, das Motiv geht dich nichts an.«

Ich bestand nicht weiter darauf. Ich weiß, daß ich die Rolle des Bösewichts spiele, also tue ich stillschweigend meine Arbeit. Diesmal hat sie mir sogar Bedingungen gestellt. Ich darf keine Waffe – Messer oder Pistole etwa – für den Mord verwenden. Ich darf Aliki allerdings aus dem Fenster oder über Meeresklippen in die Tiefe stoßen.

Zumindest mit dem Zimmer habe ich Glück, es ist sauber und ruhig. Nun sitze ich im Kafenion gegenüber und trinke mein Kaffee Frappé, während mir der Schweiß über den Nacken läuft. Um elf Uhr morgens brennt die Sonne bereits auf die allgegenwärtigen groben Steinmauern, auf die Felsen, die unter dem verdorrten Gras hervorlugen, und auf die schneeweißen Häuschen mit ihren blauen Fensterläden.

Als ich gerade darüber nachdenke, wo ich diese Aliki bloß finden kann, tritt sie aus der Pension, in der ich logiere. Die Braut überläßt nichts dem Zufall, denke ich mir. Sie trägt kein Schwarz wie auf der Fotografie, sondern ein T-Shirt, einen geblümten Rock und auf dem Kopf einen Strohhut mit breiter Krempe und rotem Hutband. Doch ihr eingefallenes Gesicht und den morgendlichen Schlafzimmerblick einer Trinkerin kann auch er nicht verbergen. Trotz der Mordshitze bestellt sie einen heißen Nescafé. Vielleicht weil ein Kaffee Frappé sie nicht auf Touren bringt. Sie zieht einen kleinen Notizblock aus ihrer Tasche und beginnt zu schreiben. Nach ein paar Worten läßt sie den Kugelschreiber sinken und den Blick hinüberschweifen zu den Felsen, die in der Sonne glühen. Dann wandert er zu ihren Notizen zurück. Mein kleiner Finger sagt mir, daß dieses Wechselspiel zwischen Schreiben und Träumen noch eine Weile weitergehen wird, und ich ordere noch ein Kaffee Frappé.

»Ich werde es tun«, sagte sich Jimmy immer wieder. Schluß mit den ewigen Bedenken: einmal war es das Motiv, das er kannte und verachtete, dann wieder die mehr oder weniger enge Beziehung zum potentiellen Opfer. Diesmal hatte er es mit einer gewissen Aliki unbekannter Herkunft zu tun, die er aus unbekannten Gründen umbringen sollte.

»Ich werde es tun!« erklärte er leise und zu allem entschlossen, während er sie dabei beobachtete, wie sie beim Schreiben erneut innehielt. »Es ist *die* Gelegenheit, um mich von der Masse abzuheben und zu einer Figur aus Fleisch und Blut zu werden.« Und er nahm noch einen Schluck von seinem Kaffee Frappé.

Jedesmal, wenn sie den Blick von ihrem Notizblock hob, betrachtete Aliki durch ihre dunkle Sonnenbrille den Typen am Nebentisch, bevor sie wieder zu den Felsen hinüberblickte.

Warum starrt er mich so an? Was will er von mir? Wenn er selbst in diesem Zustand etwas an mir findet, dann ist er pervers.

Und mit diesem Gedanken erhob sie sich und machte sich auf zum Strand nach Tsigouri.

Ich habe Fortschritte gemacht. Seit zwei Tagen lasse ich sie nicht aus den Augen. Am Morgen sonnten wir uns in Tsigouri, nur zwei Meter voneinander entfernt, blickten in entgegengesetzte Richtungen und taten so, als sähen wir einander nicht.

Nun ist es ein Uhr morgens, und wir haben uns in der kleinen Bar namens *Glamour* an benachbarten Tischen niedergelassen. Aus dem Lautsprecher dringt ein Musikpotpourri: Rembetiko, Schnulzen, Madonna und dazwischen Inselweisen.

Aliki trinkt soeben ihre vierte kleine Karaffe Tsipouro-Schnaps auf leeren Magen aus, und ich bin beim zweiten Kaffee Frappé. Sie leert ihr Glas, legt das Geld auf die Rechnung und erhebt sich. Während sie an mir vorüberschwankt, denke ich, daß jetzt vielleicht der geeignete Augenblick wäre, sie auf dem Meeresgrund zu versenken. Doch nun passiert etwas Unvorhergesehenes und wirft meine Planung über den Haufen. Sie hält kurz vor mir inne, ringt um ihr Gleichgewicht, blickt mich an und wirft mir dann ein Lächeln zu.

»Wir beide geben eine kuriose Mischung ab«, sagt sie, »der eine sternhagelvoll, der andere stocknüchtern.« Und sie schüttelt sich vor Lachen.

Ich grinse mit, um meine Verlegenheit zu verbergen. Ich ringe nach einer Entgegnung, doch sie kommt mir zuvor.

»Stört es Sie, wenn ich mich ein wenig zu Ihnen setze?« Gleich darauf bestellt sie beim Kellner die fünfte kleine Karaffe. »Trinken Sie einen mit?«

»Vielleicht sollten Sie was anderes als Tsipouro trinken?« Kaum sind mir diese Worte rausgerutscht, schlage ich mir innerlich an die Stirn. Ich sollte sie doch darin bestärken und nicht bremsen.

Glücklicherweise braucht sie gar keine Ermunterung.

»Was denn, Kaffee Frappé etwa?« meint sie ironisch lächelnd.

»Das würde Sie ausnüchtern.«

»Und wer sagt Ihnen, daß ich ausgenüchtert werden will?« Doch nun erschrickt sie über ihre eigenen Worte. »Nein, nein, keine Angst... Ich werde Ihnen nicht auf die Nase binden, warum ich mein Leid im Alkohol ertränke!« Und um mich davon zu überzeugen, hängt sie sich an meinen Hals und versetzt mir einen dicken Schmatz auf die Backe. »Sieh mal... Weil du so süß bist, trink ich glatt noch einen mit dir.«

Ihre Arme bleiben um meinen Hals geschlungen. Es bleibt dahingestellt, ob in zärtlicher Anwandlung oder aus Furcht, sonst umzukippen.

Die Pension lag auf halbem Weg nach Mesaria. Auf der ganzen Strecke hielt Jimmy Aliki fest im Arm, da sie mal über eine Bodenwelle, mal über einen Stein stolperte. Jedesmal, wenn Jimmy ihr unter die Arme griff, überschüttete Aliki ihn mit Komplimenten der Art: »Ich wußte gleich, daß du ein Gentleman bist. Das hab ich auf den ersten Blick gemerkt.« Da sie ihren Körper nicht mehr unter Kontrolle hatte, gingen ihre Küsse meist ins Leere.

Mit Müh und Not brachte er sie ans Ziel. Sie ins obere Stockwerk zu verfrachten war Schwerstarbeit. Aliki schaffte es bis zur dritten Treppenstufe, blieb dort hängen und rutschte wieder zurück. Nach dem vierten Versuch gab Jimmy auf, er nahm sie auf den Arm und begann die Treppen hinaufzusteigen.

»Warum spionierst du mir hinterher?«

Die Frage kam aus heiterem Himmel, und diesmal wäre Jimmy fast gestolpert. Er versuchte das Gleichgewicht zu halten, während er verzweifelt nach einer Erklärung rang. Zum Glück bot ihm Aliki einen Ausweg.

»Laß nur, sag nichts. Bis morgen früh habe ich es ohnehin wieder vergessen.«

Vor ihrer Zimmertür klammerte sie sich an seinen Hals und flüsterte ihm zu: »Bleib heut nacht bei mir.«

Plötzlich schoß ihm die Idee durch den Kopf, sie dort, auf dem Bett, zu töten. Es war so einfach. Er mußte nur ein Handtuch aus dem Badezimmer holen und es ihr auf das Gesicht drücken.

»Bitte, bleib ... Ich kann ... So betrunken bin ich nicht ...«, flüsterte Aliki. Mit einem Mal brach sie in Tränen aus. »Nein, nein, ich weine bestimmt nicht, wenn du bei mir liegst ...«, beruhigte sie ihn. »Ehrenwort. Alles unter Kontrolle.«

Jimmy zog sie langsam, fast zärtlich aus. Aliki hielt die Augen geschlossen und lächelte unter Tränen. Als er bei BH und Slip angelangt war, drehte sich Aliki zur Seite und begann zu schnarchen.

Er hatte das Handtuch gepackt und wollte gerade damit aus dem Bad treten, als sein Blick auf die Klinge des Damenrasierers fiel. Warum mit dem Handtuch, dachte er. Wäre es nicht klüger, ihr die Pulsadern aufzuschneiden, damit es wie Selbstmord aussah? Er war sehr stolz auf seine Idee, doch als er sich über sie beugte, um ihr Handgelenk zu fassen, wirkte ihr Körper so eingefallen, so voller Falten – er sah die Hängebrüste, den schnarchenden, halboffenen Mund, und eine tiefe Trauer erfaßte ihn. Er warf die Rasierklinge aufs Bett und rannte aus dem Zimmer.

»Ich bin ein Versager«, sagte er immer wieder, als er den dunklen Feldweg entlangging. »Deshalb habe ich es nie weit gebracht. Niemand mag Figuren, die eine Geschichte grundlos in die Irre führen.«

Hundert Meter weiter erhellten die Scheinwerfer eines Wagens die Straße. Er gab dem Fahrer ein Handzeichen, der daraufhin neben ihm hielt. »Wenn du zum Hafen willst, steig ein«, meinte er.

Am Hafen ließ die Autofähre gerade die Laderampe herab.

»Kann ich auf dem Schiff eine Fahrkarte lösen?« fragte Jimmy einen Mitarbeiter der Hafenbehörde.

»Wohin?«

»Nach Piräus.«

»Die nehmen jetzt keine Passagiere nach Piräus

an Bord. Der Fahrplan hat sich geändert. Die fahren zuerst nach Amorgos. Morgen früh kommen sie zurück, dann erst steigen die Fahrgäste nach Piräus zu.«

Diesmal kam Jimmy um den Fußmarsch nicht herum.

Die Braut, die diese Geschichte schreibt, will mich nicht von der Insel weglassen. Sie wird mir so lange Steine in den Weg legen, bis ich tue, was sie von mir will. Durch die gestrige Nachtwanderung wurde mein Kopf wieder klar, und ich schämte mich. Man vergeht beim Anblick einer auf dem Bett zusammengebrochenen Frau nicht vor Mitgefühl. Ganz im Gegenteil: Man bringt sie aus Mitleid um und erlöst sie so von ihrem Leiden.

Diese Gedanken gehen mir durch den Kopf, während ich mein Kaffee Frappé trinke. Aliki tritt aus dem Haus und kommt lächelnd auf mich zu. Die Farbe ihrer Augen wirkt wäßrig und ihr Blick trübe.

»Ich habe vor, heute einen Ausflug mit dir zu machen«, meint sie.

»Wohin?«

»Nach Nikia. Unten am Meer liegt ein verlassenes Fischerdorf. Da lebt keiner mehr. Kannst du Motorrad fahren?«

»Kann ich.«

»Schön, ich notiere schnell noch etwas, und dann können wir los.«

Sie zieht ihren Block heraus, notiert etwas und steckt ihn wieder in ihre Tasche zurück.

Bevor wir beim Motorradverleih anlangen, bleibt sie jäh mitten auf der Straße stehen und blickt mich an.

»Weißt du, heute morgen ist mir etwas Komisches passiert. Ich bin mit einer Rasierklinge im Bett aufgewacht.«

Ihre Bemerkung trifft mich unvorbereitet, doch ich behalte die Nerven.

»Nun, wahrscheinlich hast du sie, als du aus dem Badezimmer kamst, dort liegenlassen.«

»Wahrscheinlicher ist, daß ich erfolglos versucht habe, mir die Pulsadern aufzuschneiden«, entgegnet sie heiter.

Die Straße nach Nikia ist schmal, kurvenreich und von Gebüsch fast zugewuchert. Weit und breit kein einziger Baum, nur das Meer bleibt immer in Sichtweite.

Die Straße verbreitert sich zu einer Abzweigung: Der eine Weg führt in die Berge hoch, der andere zum Geisterdorf ans Meer hinunter.

»Wir fahren ans Meer«, sagt Aliki und deutet auf den Pfad.

Vor unseren Augen tauchen langsam die gespenstischen Steinhäuser des Fischerdorfes auf, die durch verschiedenartige Treppen verbunden zum kleinen Hafen hinabführen. Ich bin ganz in den Anblick versunken, als ich neben mir Alikis Stimme höre.

»Die Rasierklinge habe nicht ich dort vergessen. Du hast sie gestern dort liegenlassen.« Ich blicke sie verdutzt an. »Du wolltest mich umbringen, hast es dir in letzter Minute aber anders überlegt.« Sie lächelt mir zu, als spräche sie von der natürlichsten Sache der Welt.

»Spinnst du?«

Die Braut, die diese Geschichte schreibt, würde mich wegen dieser abgeschmackten Bemerkung bestimmt am liebsten ohrfeigen.

»Ich weiß, daß du auf die Insel gekommen bist, um mich zu töten«, beharrt Aliki.

Stumm wie ein Fisch starre ich sie an.

»Du kannst ruhig offen zu mir sein.« Sie spricht gelassen weiter und lächelt. »Alles in meinem Leben ist schief gelaufen. Ich bin eine Totalversagerin, alle naselang bin ich auf Entzug. Du tust mir einen Gefallen, wenn du mich umbringst. Nur eine Bedingung habe ich.«

Sie verstummt, also schweige auch ich. Ich halte mir den Rücken frei, um zu sehen, worauf sie hinauswill.

»Ich möchte, daß du mich an einer von mir ausgewählten Stelle in das kleine Hafenbecken stößt, damit ich auch zu einer Spukgestalt werde.«

Die Braut, die diese Geschichte schreibt, macht es mir unglaublich leicht. Wenn ich auch diesmal nichts geritzt kriege, dann tauge ich nicht zu einer literarischen Figur. Dann tauge ich nicht einmal zu einer Witzfigur.

Aliki findet eine Stelle genau oberhalb des Geisterdorfes.

»Hier!« sagt sie. »Stell dich hinter mich. Ich schließe die Augen, und du schubst mich ganz leicht, als wäre es ein Scherz.«

Ich stelle mich wortlos hinter sie. Reglos steht sie da, so daß ich nicht weiß, ob sie die Augen geschlossen hält oder träumerisch das Ägäische Meer betrachtet.

Aliki bereute ihren Entschluß in dem Augenblick, als sie Jimmys Hände an ihren Schultern spürte. Sie entzog sich mit einem Ruck und machte einen Schritt zur Seite.

»Nein, ich will nicht!« rief sie. »Hör auf, ich hab es mir anders überlegt!«

Sie wollte zur Weggabelung zurück, doch Jimmy hielt sie an den Armen fest. »Komm schon, bringen wir's hinter uns«, meinte er. »Weder du noch ich haben Lust darauf, aber es muß getan werden.«

Er gab ihr einen kräftigen Stoß. In ihrer Verzweiflung klammerte sich Aliki an seinem T-Shirt fest, und als sie nach unten stürzte, riß sie ihn mit sich. Sie segelten am Treppenlabyrinth des Dorfes mit den Geisterhäusern und den leeren Fensterhöhlen vorbei in die Tiefe, bis zum verwitterten Wellenbrecher und zu den Felsen, die sie bereits erwarteten.

So oft war ich betrunken, und erst jetzt sehe ich zum ersten Mal die Welt im freien Fall, dachte Aliki, während sie hinabstürzte. Ihr letzter Gedanke war, daß ihr der Anblick gefiel.

»Also, Sachen gibt's!« meinte der junge Mann, der auf dem Dorfplatz die Zeitung las.

»Was denn?« fragte die junge Frau an seiner Seite, mehr aus Pflichtbewußtsein denn aus Neugier.

»Hör mal, was da steht: ›Gestern beging die Schriftstellerin Aliki Fotiadi Selbstmord. Ihre Leiche wurde im verlassenen Fischerdorf Nikia gefunden. Auf ihrem Notizblock fand man die Nachricht: *Das Schreiben ist mein Leben. Kann ich nicht schreiben, habe ich kein Leben mehr*. Ihr Verleger erklärte, Aliki Fotiadis letzte Bücher seien von der

Kritik und vom Publikum nicht gut aufgenommen worden. Das habe die Autorin in eine tiefe Depression gestürzt.‹«

»Na und? Was ist da seltsam dran?« fragte die junge Frau.

»Denk doch mal nach!« rief der junge Mann erstaunt aus. »Wer bringt sich heutzutage wegen Büchern um?«

Er nahm einen Schluck von seinem Kaffee Frappé und schlug den Wirtschaftsteil der Zeitung auf.

Suite für Violine und Flöte

Sein Standplatz war in der Fußgängerzone in der Chateaubriand-Straße. Ein seltsamer Standplatz für einen Schuhputzer. Denn die Handvoll, die in Athen übriggeblieben ist, wartet normalerweise auf der Panepistimiou-Straße auf Kundschaft.

Wer im Binnenland um den Omonia-Platz läßt sich schon von einem Schuhputzer die Stiefel wichsen? So, wie er dasaß, schien auch er zu sagen: niemand. Die Arme auf die Knie gestützt lauschte er mit halb geschlossenen Augen einem Musikstück, das aus einem altmodischen Kassettenrecorder drang, einem Überbleibsel aus den achtziger Jahren. Die Töne erreichten mein Ohr nur dumpf, und ich konnte nicht einordnen, was für eine Musik es war. Jedenfalls keine griechischen Lieder, denen lauschte man nicht so hingebungsvoll. Erst als ich neben ihm anlangte, waren die Klänge deutlich zu hören, und allmählich erkannte ich den ersten Satz des Violinkonzerts von Mendelssohn.

Athen ist immer für eine Überraschung gut.

Zwar wird man niemals einen Taxifahrer sehen, der mit ausgeschaltetem Radio unterwegs ist, dafür gibt es Schuhputzer, die Mendelssohn hören. Vielleicht hat mich das dazu veranlaßt, meine Schuhe putzen zu lassen, und nicht die nostalgische Sehnsucht nach der guten alten Schuhwichse oder der Wunsch, eine vom Aussterben bedrohte Dienstleistung zu fördern.

Als ich den Fuß auf die Ablage stellte, machte der Schuhputzer den Kassettenrecorder diskret leiser. Seine mittleren Finger hingen kraftlos in den Gelenken, als litten sie an Arthrose. Er hielt die Bürsten mit Daumen, Zeigefinger und kleinem Finger, ohne Beteiligung der mittleren Finger. Er schien darin geübt zu sein, und die Bürsten umschmeichelten flink das Leder. Gerade als das Orchester zum zweiten Satz des Konzerts überging, hatte er seine Arbeit beendet und klopfte mit der Bürste an meine Schuhsohle, damit ich meinen Fuß wieder herunterstellte.

Meine tägliche Route führt mich nicht oft in die Chateaubriand-Straße. Sie beschränkt sich auf die Strecke zwischen Maroussi und Messojia. So verging mehr als ein Monat, bis ich wieder in der Fußgängerzone war. Ich fand den Schuhputzer mit seinem Zubehör wieder an derselben Stelle vor, daneben der Kassettenrecorder. Diesmal drang die

Musik lauter und diffuser aus dem Gerät. Dennoch konnte ich etwa einen Schritt entfernt die Kadenz aus dem Violinkonzert von Beethoven erkennen. Als er sah, wie ich meinen Fuß auf die Ablage stellte, drehte er, wie das letzte Mal, die Musik leiser.

»Du mußt nicht leiser stellen, es stört mich nicht«, sagte ich. »Obwohl… das große Orchester kommt mit dem kleinen Gerät gar nicht zur Geltung. Und im Freien schon gar nicht.«

Er unterbrach das Bürsten und warf mir einen neugierigen Blick zu.

»Woher wissen Sie, daß Beethovens Violinkonzert für großes Orchester geschrieben ist?«

»Ich weiß auch, daß Vivaldis und Mozarts Konzerte nicht dafür geschrieben sind.«

Es lag ihm eine Entgegnung auf der Zunge, doch er verkniff sie sich und wandte sich wieder seinen Bürsten zu. An seiner Miene konnte man jedoch ablesen, daß er mir ein tiefsinniges Gespräch über Musik nicht zutraute.

»Ist das etwas Besonderes zu wissen, daß Beethoven sein Violinkonzert für großes Orchester geschrieben hat?« beharrte ich, da seine Haltung mich langsam zu nerven begann.

»Daß ein Grieche etwas von klassischer Musik versteht, ist etwas Besonderes.«

»Wieso? Gibt's bei uns vielleicht keine Symphonieorchester oder Kammermusik-Ensembles? Und was ist mit unserem prächtigen Konzerthaus?«

Er lachte auf. »Das habt ihr zwar, doch Neigung zur ernsten Musik habt ihr nicht. Wir in Bulgarien lieben die klassische Musik mehr als ihr. Auch wenn Sie mir nicht glauben, es ist einfach so.« Er sprach gut Griechisch, mit einem starken nordgriechischen Akzent.

»Warum sollte ich dir nicht glauben?«

»Weil ihr Griechen meint, daß ihr überall die Nase vorn habt.«

Er wollte mich wohl provozieren, doch diesmal bemühte ich mich um eine ruhige Reaktion.

»Na gut, kann sein, daß wir die klassische Musik nicht so lieben wie ihr, wir sind aber auch nicht allesamt Banausen.«

»Wie nennt man das... Ein gebranntes Kind scheut den Ofen?«

»Nein, das Feuer. Ein gebranntes Kind scheut das Feuer. Wieso, bist du ein gebranntes Kind?«

Er zog es vor, nicht zu antworten, und befaßte sich lieber mit meinen Schuhen. Wieder beobachtete ich, wie er den Lappen mit zwei Fingern festhielt, während die beiden mittleren Finger zu keiner Tätigkeit zu gebrauchen waren.

»Was hast du gespielt, Klavier?«

»Violine«, antwortete er gepreßt.

»Und warum hast du aufgehört? Arthrose?« Und ich deutete auf seine mittleren Finger.

Er ließ die Samtbürste sinken und blickte mich mit einem ironischen Lächeln an.

»Darauf wäre ich nicht gekommen. Von jetzt an werde ich sagen, daß ich an... Arthrose... leide.«

»Wieso, kommt es nicht von einer Krankheit?«

Er lachte erneut. »Nein, von der Mafia. Die hat mir die Finger gebrochen, damit ich nicht mehr spiele.«

Wieso sollte die Mafia einem Musiker die Finger brechen? Er war weder ein Rotlichtbaron noch ein Nachtlokalbesitzer, nur ein Geigenspieler. Daraus schloß ich, daß er mich anlog. Illegale Einwanderer tun das des öfteren, entweder um Eindruck zu schinden oder um ihre Lebensgeschichte den Gegebenheiten des Landes anzupassen.

Er bemerkte meinen mißtrauischen Blick, als er das Geld entgegennahm, doch er sagte nichts. Zusammen mit dem Wechselgeld zog er ein doppelt gefaltetes Blatt Papier aus der Schublade. Kommentarlos reichte er es mir.

Es war die Fotokopie eines Diploms des Staatlichen Konservatoriums von Sofia, daran war die beglaubigte Übersetzung des Außenministeriums geheftet. Aus der Übersetzung war zu entnehmen, daß Christo Stoitsew die Meisterklasse in klassischer Violine am Staatlichen Konservatorium in Sofia mit der Note »sehr gut« abgeschlossen hatte. Das belegte, daß er kein Betrüger war, aber es erklärte nicht, warum die Mafia ihm die Finger gebrochen hatte. Erbärmliches Geigenspiel allein schien mir kein ausreichender Grund zu sein.

Ebenso kommentarlos wie er gab ich ihm die Papiere zurück. Nachdem er sie sorgfältig wieder zusammengefaltet und in die Schublade zurückgelegt hatte, zog er eine Karte heraus und überreichte sie mir. Darauf standen mit wackeligen Großbuchstaben sein Name und seine Handynummer notiert. Und darunter, wieder in Großbuchstaben: Geigenlehrer.

»Vielleicht hören Sie ja mal von einem Kind, das Geigenunterricht nehmen möchte«, sagte er. »Um jemandem das Geigenspiel beizubringen, braucht man die Finger nicht unbedingt. Es reicht, wenn man die Griffe richtig zeigt.«

Er hatte nicht unrecht, doch wer nimmt sich schon einen einarmigen Fechtlehrer oder einen Geigenlehrer mit gebrochenen Fingern? Da ich ihn nicht kränken wollte, gab ich eine stereotype und vage Antwort.

»In Ordnung, wenn ich was höre, lasse ich es dich wissen.«

Wieder warf er mir diesen ironischen Blick zu.

Es war klar, daß er mit dem Mut der Verzweiflung Schüler suchte, ohne selbst daran zu glauben.

Wir saßen in einem Grillimbiß an der Ecke Chateaubriand- und Dorou-Straße, genau hinter seinem Stammplatz. Schließlich hatte ich mein Versprechen schneller als erwartet eingelöst. Ich war auf die Idee gekommen, ihn an ein Heim für behinderte Kinder zu vermitteln. Der Verwaltungsrat und die Heimleiterin waren nicht gerade begeistert von meinem Vorschlag, aber es gelang mir, sie davon zu überzeugen, daß ein behinderter Lehrer mit den Kindern besser zurechtkommen würde.

Das erklärte ich auch ihm, während wir aßen – er eine Portion Gyros mit Hühnerfleisch und ich eine Portion Hackfleischbuletten. Der ironische Blick war verschwunden, diesmal betrachtete er mich voll Mißtrauen. Es fiel ihm schwer zu glauben, daß ein handschriftliches Kärtchen, das er vor ein paar Tagen einem Unbekannten in die Hand gedrückt hatte, sein Geschick ändern sollte. Um ehrlich zu sein, mein Interesse war nicht ganz ohne Hintergedanken. Ich war neugierig zu erfahren, wie sich ein Musiker so sehr mit der Mafia anlegen konnte, daß sie ihn berufsunfähig prügelte. Nur, wenn er in einem Nachtlokal gespielt und gleichzeitig gedealt, irgendwann einen Fehltritt begangen und dann die Folgen zu tragen hatte. Aber wenn die Erklärung tatsächlich so gewöhnlich war, verlor ich bloß meine Zeit.

»Warum hat die Mafia deine Finger gebrochen?«

Mit voller Absicht stellte ich die Frage aus heiterem Himmel, doch genau so prompt kam die Antwort: »Warum wollen Sie das wissen? Was geht Sie das an?«

»Nichts. Reine Neugier.«

Er legte die Gabel auf den Teller und blickte mich an.

»Es ist nicht nur Neugier. Sie haben etwas für mich getan und erwarten jetzt, daß ich mich revanchiere. Da ich auf der Geige nichts mehr vorspielen kann, muß ich also meine Geschichte erzählen.« Ich schämte mich und wollte mein Ansinnen schon zurückziehen, als er mir zuvorkam: »In Ordnung, einverstanden. Ich erzähle sie nicht gern, da es immer noch weh tut, aber, wer weiß, vielleicht wird dadurch der Schmerz erträglicher.«

Er verstummte, nahm die Gabel wieder in die Hand und nahm einen Bissen in den Mund. Dann begann er mechanisch zu kauen, als helfe ihm das, sich zu konzentrieren.

»'92 bin ich nach Griechenland gekommen. Ich habe mich bei den Symphonieorchestern beworben, aber die Violine war überall schon besetzt. Andere Instrumente hätte man brauchen können: Oboe, Tuba, Fagott... Außerdem spielte ich in Bulgarien nicht in einem Symphonieorchester, sondern in Tanzorchestern. Wissen Sie, unter Schiwkow tanzten die Leute Tango, Walzer oder Foxtrott. Rocklokale gab es in ganz Sofia nur zwei. Es gab natürlich auch Jazzbands, aber als Violinist ist man da auf verlorenem Posten. Ich bewarb mich um eine Stelle im Unterhaltungsorchester des Griechischen Rundfunks. Man schrieb meinen Namen und meine Adresse auf, zum Vorspielen wurde ich nie eingeladen. So tat ich das, was alle Musiker auf dieser Welt tun. Morgens spielte ich auf Plätzen oder unter Arkaden, und abends zog ich von Taverne zu Taverne.«

Er hielt inne und schaute suchend um sich. Als sein Blick auf sein leeres Bierglas fiel, fragte er schüchtern: »Darf ich mir noch eins bestellen?«

»Für mich auch noch eins.«

Das Bier diente als Vorwand für eine kleine Pause, da er sichtlich nach Worten rang. Doch das Lokal war leer, und das Bier kam sofort. Er nahm einen kräftigen Schluck und fuhr mit dem Bierschaum am Mund fort: »Morgens spielte ich immer in der Passage zwischen Stadiou- und Karajorgi-Servias-Straße.«

»In den Psarros-Arkaden?«

»Mhm, jetzt befindet sich ein Imbiß dort. Manchmal spielte ich auch auf Plätzen, aber meistens in der Passage, vor allem bei schlechtem Wetter. Bis zum Mittag spielte ich ernste Musik, Mozarts Adagio in E-Dur oder Sarasates Zigeunerweisen, ab und zu ein Stück aus Schumanns Violinsonate. Abends gab's leichtere Kost: Wiener Walzer, Czardas und Tango. Eines Mittags hatte ich meinen Notenständer wieder im Arkadengang aufgestellt und spielte Kreislers Wiener Capriccio. Nach diesem Stück wollte ich nach Hause gehen. Da betrat eine junge Frau in einer sportlichen Jacke die Passage, ihre blonden Haare trug sie zurückgebunden. Die kleine Tasche in ihrer Hand war ein Flötenkasten, das erkannte ich sofort. Sie warf mir einen raschen Blick zu und ging weiter zur Karajorgi-Servias-Straße. Kurz darauf kam sie zurück, blieb stehen und hörte mir zu. Nach dem Stück trat sie auf mich zu. Guten Tag, ich bin Frida, sagte sie in gebrochenem Griechisch. Sie erklärte mir, sie sei Albanerin, habe in Tirana an der Musikschule Flötenunterricht genommen, spiele aber auch Klarinette. Und sie fragte mich, ob ich was dagegen hätte, wenn sie auch in der Passage spielte, nur zu anderen Zeiten.«

Er machte eine bedeutungsschwangere Pause

und spießte ein Stück Gyros auf seine Gabel, doch als er merkte, daß es schon kalt war, beschränkte er sich auf einen Schluck Bier.

»Wir einigten uns darauf, nacheinander zu spielen. Einen Tag sollte ich vormittags und sie nachmittags spielen, am nächsten Tag umgekehrt. Wir trafen uns nur zu Mittag, sozusagen zur Wachablösung, und unterhielten uns, wieviel an dem Tag in der Passage los war und wieviel Geld wir eingenommen hatten. So vergingen zwei Monate, in denen ich sah, daß sie sich genau an unsere Abmachungen hielt. Da schlug ich ihr eine Zusammenarbeit vor. Nicht tagsüber, denn das hätte finanzielle Einbußen gebracht. Passanten geben gleich viel, ob man nun alleine oder zu zweit spielt. Doch am Abend, wenn in den Tavernen alle Nationen dieser Erde aufmarschieren und irgendwas verscherbeln wollen, hat es keinen Sinn, getrennt und hintereinander zu spielen. Die Leute sind genervt, weil sie ständig unterbrochen werden, und rücken nichts heraus. So begannen wir, abends zusammen aufzutreten... Griechische Lieder und südamerikanische Tangos... Walzer... Frida nahm meistens ihre Klarinette mit, und so spielten wir Volksmusik.« Er pausierte wieder, um noch einen Schluck Bier zu trinken. »Sie sind nie Einwanderer gewesen und können sich das nicht vorstellen, aber für uns

Einwanderer ist ein Duo von Vorteil, ob nun in der Musik oder im Leben.«

»Und so habt ihr beschlossen zusammenzuziehen«, sagte ich, um ihm zu zeigen, daß ich verstanden hatte.

»Ja. Zunächst waren wir sehr glücklich. So, als wären wir endlich auf der Sonnenseite gelandet. Wir hatten eine kleine Bleibe im Souterrain gefunden, unterhalb des Attiki-Platzes, und uns dort wohnlich eingerichtet. Bis dahin hatten wir zu mehreren in Mietwohnungen oder zur Not auch in Lagerräumen gehaust.« Er dachte kurz nach und fügte hinzu: »Ich weiß nicht, vielleicht war die kleine Souterrainwohnung schuld.«

»Zwei Tiger in einem Käfig!« bemerkte ich verständnisvoll.

»Nein, schlimmer: zwei Musiker in einem Käfig!« verbesserte er mich. »Wenn man Tango, Walzer oder Volksmusik spielt, ist es einfach. Du sagst, das spielen wir ein bißchen schneller oder das ein bißchen lauter, um im Lärm der Taverne gehört zu werden, und das war's dann. Aber wenn man ernste Musik in einer winzigen Souterrainwohnung spielt, der andere wie eine Klette an dir hängt und zu jeder gespielten Note seinen Senf gibt, dann wird's problematisch. Kennen Sie Karol Szymanowski?«

Unfreiwillig lachte ich auf. »Du verlangst ein bißchen viel. Bei Strawinski ist bei mir Schluß.«

»Szymanowski war ein großer Musiker. Das kann ich sagen, denn Szymanowski stand am Anfang und auch am Ende meiner musikalischen Laufbahn.« Jetzt sprach er ganz abgehackt, vielleicht wollte er Spannung erzeugen, vielleicht aber versagte ihm auch die Stimme, und er mußte sich erst wieder fangen.

»Ich habe mit Szymanowskis Violinsonate in D-Dur im Fach Kammermusik mit der Note »sehr gut« abgeschlossen. Als die Prüfung vorbei war, kam ein Lehrer nach dem anderen zu mir und gratulierte mir. Danach spielte ich diese Sonate immer mal wieder. Warum? Vielleicht, weil es mich aufbaute, weil ich wußte, daß ich sie gut spielte, oder einfach, weil sie mich an die Abschlußprüfung erinnerte. Für die meisten Musiker bildet ja das Diplom den einzigen künstlerischen Erfolg ihres Lebens. Wie auch immer. Eines Abends, bevor wir durch die Lokale zogen, überkam es mich, und ich spielte den zweiten Satz der Sonate. Frida bügelte gerade. Wie gesagt, was der eine tat, bekam auch der andere unvermeidlich mit. Außer, man ergriff die Flucht und ging nach draußen. Sie unterbricht also das Bügeln und fragt mich mit einem gewissen ironischen Unterton, ob das *moderato* sein sollte. Nein, nicht *moderato*, antwortete ich. *Andantino tranquillo e dolce*. Du spielst es aber wie ein *moderato*, beharrte sie. Sie verstehen, wenn eine Musikerin aus Albanien, die an der Musikschule von Tirana Flöte gelernt hat, meint, sie wisse es besser, wie man die Szymanowski-Sonate spielen müsse, mit der man ein sehr gut und großen Zuspruch bei der Abschlußprüfung eingeheimst hat ... dann kann man das nicht einfach so hinnehmen! Es kam zu einem Riesenstreit, und da wurde uns klar, daß jeder den anderen für einen miesen Musiker hielt. Nur diesmal sprachen wir es zum ersten Mal offen aus. Wir mußten die Auseinandersetzung unterbrechen, um arbeiten zu gehen, doch ich hatte den Streit noch lange nicht verdaut und wartete auf meine Chance zum Gegenschlag. Als sie die Querflöte in Telemanns *Konzert für zwei Flöten* gab, sagte ich ihr, sie spiele *andante* statt *grazioso*. Da brach ein zweiter Streit aus, und wir warfen einander schwere Anschuldigungen an den Kopf. Ich sagte, sie heiße wohl gar nicht Frida, sondern Feride und sei eine türkische Albanerin. Deshalb komme sie auch mit Klarinette und Volksmusik besser zurande, während sie bei Flöte und Kammermusik nichts zustande bringe. Natürlich war das ein Fehler, ich hätte das nicht sagen sollen, aber es war eine musikalische Auseinandersetzung, und so schlug ich über die Stränge. Dabei ging es uns beruflich immer besser. Einige Straßenmusiker, die Frida in der Passage gehört hatten, schlugen uns vor, mit ihnen zusammen eine Gruppe zu gründen. Mit Violine, Akkordeon, Gitarre und Kontrabaß, und Frida sollte abwechselnd Flöte oder Klarinette spielen. Nun standen wir morgens in der Ermou-Straße. Doch wir stritten selbst vor unseren Kollegen. Jedesmal in der Pause begann das Hickhack. Was du wieder zusammentrötest – nein, hör doch, was du zusammenfiedelst. Oder sie sagte: Nicht so *fortissimo*, mein Lieber, dafür schrammelst du viel zu unrein. Und ich meinte: So, wie du Flöte spielst, klingt es wie Klarinette. Schläge unter die Gürtellinie blieben nicht aus. So etwa sagte ich zu ihr: Das ist ein C und du spielst ein Cis. Und sie wartete nur auf die Gelegenheit, um es mir heimzuzahlen: Soll das vielleicht ein B sein? Es hört sich wie ein A an. Die anderen Musiker hatten bald die Nase voll und hätten uns gern den Laufpaß gegeben, aber da wir Erfolg hatten, faßten sie sich in Geduld und versuchten, die Spannungen abzufedern. Zu Hause war unser Leben zu einem Martyrium geworden. Man muß sich das einmal vorstellen: Es war so weit mit mir gekommen, daß ich mir die Bearbeitung für Violine von Beethovens Neunter vorgenommen hatte und daraus den ersten und zweiten Satz spielte, um ihr zu beweisen, wie überzeugend ich das *allegro ma non troppo, un poco maestoso* im Vergleich zum anschließenden *molto vivace* interpretierte.«

Er stöhnte auf und bestellte noch ein Bier, diesmal ohne mich um Erlaubnis zu fragen.

»Eines Morgens nahmen mich die andern drei Musiker nach einem neuerlichen Streit beiseite und meinten, sie könnten so nicht mehr arbeiten. Wir stritten ja mehr, als wir spielten. Sie hätten deshalb beschlossen, mich aus der Band auszuschließen. Frida wollten sie behalten, da sie zwei Instrumente spielte und ihnen nützlicher war. Ich sagte nichts, ging bloß schnurstracks nach Hause, packte meine Siebensachen und verließ die Wohnung. Aber ich war verletzt. Sehr sogar. Die erste Geige jagt man nicht einfach davon und behält die Klarinette, nicht wahr? Am nächsten Morgen bezog ich auf dem gegenüberliegenden Gehsteig Position. Ich lauerte auf eine Pause und begann sofort zu spielen. Damit hatten sie nicht gerechnet. Sie konnten ja nicht ununterbrochen spielen, sie mußten auch einmal Atem schöpfen. Genau in dem Augenblick quetschte ich mich dazwischen und hörte nicht mehr auf. Und was, meinen Sie, habe ich gespielt? Den ersten Satz aus Vivaldis Violinkonzert in C-Dur, den dritten Satz aus Bachs Violinkonzert in

E-Dur, den Sommer aus den Vier Jahreszeiten und natürlich die Sonate von Szymanowski. Daß ich keinen Groschen verdiente, störte mich nicht. Ich wollte sie zur Weißglut treiben. Die anderen verdienten freilich auch weniger, weil die Passanten sich nicht entschließen konnten, wem sie ihr Kleingeld überlassen sollten. Daher zogen sie vor, es für sich zu behalten. Der Akkordeonspieler und der Bassist baten mich immer wieder zu gehen. Sie seien doch eine ganze Gruppe und könnten den Standplatz nicht so einfach wechseln, meinten sie, doch ich sei allein und könne überall spielen. Ich stellte mich taub. Wenn ich überall spielen konnte, konnte ich auch auf dem Gehsteig gegenüber spielen. Ich blieb also dabei, bis Frida eines Morgens nicht mehr da war. Sie hatten sie davongejagt in der Hoffnung, daß ich mich dann auch aus dem Staub machen würde. Und sie hatten sich nicht verrechnet: Ich ließ mich nicht mehr blicken.«

Er hob sein Glas und leerte es in einem Zug. Kurz blickte er mich stumm an und fuhr fort: »Sollte es mir nun leid tun, daß sie ihren Job verloren hatte? Nein, es tat mir nicht leid. Es war doch ihre Schuld, daß ich davongejagt wurde, oder?« Er verstummte, als warte er ab, ob ich einen Kommentar dazu abgeben wollte, doch ich sagte nichts. Dann fuhr er mit einem bitteren Lächeln fort: »Sie hatte sich alles bei mir abgeguckt und verhielt sich genauso. Selbstverständlich spielten wir auch abends nicht mehr zusammen. Ganz wie früher spielte ich allein Czardas, Tango und Walzer. Eines Abends, als ich gerade in einer Taverne in Pangrati zu spielen begonnen hatte, öffnete sich die Tür, und Frida trat ein. Sie wartete das Ende des griechischen Tangos ab, den ich gerade spielte, und begann dann das Allegro aus Faurés Fantasie für Flöte. Die Gäste amüsierten sich zunächst darüber, doch als nach einem kleinen Walzer die Einleitung von Telemanns Flötenkonzert folgte, riefen sie: Aufhören! Ein Kellner schmiß uns hinaus, und wir gingen beide leer aus. Vor der Tür trennten wir uns wortlos, ohne uns anzublicken. Im tiefsten Innern wußten wir jedoch, daß das letzte und entscheidende Drittel der Partie angebrochen war. Vom nächsten Abend an tat ich genau dasselbe. Wir liefen uns immer wieder über den Weg, da wir in denselben Lokalen arbeiteten. Wenn sie einen Walzer auf der Flöte oder ein Volkslied auf der Klarinette blies, spielte ich Paganini. Und wenn ich einen Tango oder eine Operettenarie spielte, verlegte sie sich auf Vivaldi oder Bach. Ursprünglich wollten wir dem anderen das Spiel verderben, aber am Schluß ließen wir die Tangos, Walzer und Volkslieder ganz sein und spielten beide nur mehr Kammermusik, als sollten die Gäste vor ihren Lammkoteletts oder ihren Meerbarben entscheiden, wer von uns Bach, Paganini oder Telemann besser interpretierte. Doch die Gäste waren nur genervt und ließen uns hinauswerfen. Wir wollten ein Glas Wein trinken, dazu möchten wir keine klassische Musik hören, riefen sie. Seit wann hört man denn zu Ouzo Bach, dazu noch von Scheißalbanern gespielt? Wenn ihr wenigstens Theodorakis oder Chatzidakis spielen würdet, aber ihr haßt uns so sehr, daß ihr nicht einmal griechische Lieder spielen wollt! Erwartungsgemäß bekamen wir keinen roten Heller. Das wenige, das wir morgens verdienten, reichte gerade mal fürs Essen. Für Miete blieb nichts übrig, und so warf man mich alle naselang aus der Wohnung. Wir waren bald bekannt wie die bunten Hunde, und man setzte uns regelmäßig vor die Tür, doch am nächsten Abend waren wir wieder da. Mal war ich zuerst da und Frida fuhr mir dazwischen, mal umgekehrt. Selbst die Blumen- und CD-Verkäufer gingen uns aus dem Weg. Sie wußten, daß es Streit geben würde, und wollten nicht mit hineingezogen werden.« Wieder verstummte er und blickte mich an. »Wissen Sie, was zum Schluß passierte?« fragte er.

»Ich kann es mir vorstellen. Ein Restaurantbesitzer oder ein Tavernenwirt hat euch auf dem Gewissen.«

Er nickte zustimmend. »Ein Wirt in Petralona. Er hatte uns gewarnt: Kommt nicht mehr hierher, sonst brech ich euch alle Knochen, sagte er. Doch bei dieser Arbeit hört man hundert Drohungen pro Tag. Deshalb haben wir uns nicht darum geschert und sind weiterhin zwei- bis dreimal die Woche hingegangen. Normalerweise haben sie uns beide hinausgeworfen. Wir trabten wortlos raus, gingen in entgegengesetzte Richtungen und trafen uns im nächsten Lokal wieder. Als wir uns eines Abends vor der Taverne in Petralona trennten, stürzten sich ein paar Männer auf uns. Sie schubsten uns in einen Wagen und herrschten uns an, wir sollten den Mund halten. Wir fuhren kreuz und quer durch Athen, schließlich langten wir bei einer leeren Lagerhalle an. Ich glaube, sie lag unterhalb der Hochbahn nach Piräus. Dort packten sie zuerst mich, drückten meine Hände auf eine Eisenbank und brachen mir die Finger. Dann packten sie Frida, ritzten ihr die Fingerkuppen auf und drückten sie auf eine heiße Herdplatte. Danach ließen sie uns laufen. Sie wußten, daß wir es nicht wagen würden, den Mund aufzumachen.« Er pausierte kurz und fügte hinzu: »Nun wissen Sie, wie ich Schuhputzer wurde.«

»Und wo ist Frida jetzt?« fragte ich.

Er zuckte mit den Schultern. »Soviel ich weiß,

arbeitet sie als Kellnerin in einem Café in Petroupoli.«

Es war nicht schwierig, das Café zu finden. Frida war die einzige blonde Kellnerin im Lokal. Die andere hatte rotgefärbtes Haar. Christo hatte mir nicht erzählt, daß sie schön war. Vielleicht aus vornehmer Zurückhaltung, vielleicht auch, weil er fürchtete, ich könnte ihn für einen Dummkopf halten, daß er eine solche Frau wegen eines Streits um ein C oder ein Cis geopfert hatte.

Sie stellte ein Glas Wasser vor mich hin und fragte mich nach meinen Wünschen. Ich bestellte einen Cappuccino und trank ihn ohne Hast aus. Ich rechnete mir aus, daß ein Grieche im Durchschnitt eine Stunde vor seinem Kaffee sitzt. Nach dieser Frist verlangte ich die Rechnung. Zusammen mit dem Geld legte ich ein kleines Trinkgeld und meine Karte auf den Tisch. Sie warf einen Blick darauf und gab sie mir zurück...

»Das ist versehentlich beim Geld gelegen«, meinte sie bissig.

»Nein. Ich weiß, daß du Flöte und Klarinette spielst.«

Sie war verblüfft, und sie warf mir einen scharfen Blick zu.

»Ich habe gespielt. Jetzt nicht mehr. Ich hatte

einen Unfall.« Sie sprach fließend, mit demselben starken nordgriechischen Akzent wie Christo.

»Du kannst aber doch unterrichten.«

»Kennen Sie viele albanische Flötenlehrerinnen?« fragte sie sarkastisch.

»Nein, aber ich kann dir einen Job anbieten.«

»Als Tänzerin?« fragte sie im selben Tonfall wie vorhin.

»Nein, als Musiklehrerin«, beharrte ich.

»Wo?«

»Das müssen wir in aller Ruhe besprechen. Wann endet deine Schicht?«

Sie meinte, ich solle gegen neun in einem anderen Café in Aji Anargyri auf sie warten. Sie kam mit einer Viertelstunde Verspätung und setzte sich grußlos neben mich. An ihrem Blick konnte ich ablesen, daß ihr Mißtrauen in der Zwischenzeit nur noch größer geworden war.

»Zunächst einmal: Woher kennen Sie mich?«

»Du hast einmal in der Ermou-Straße in einer Band gespielt. Die haben mir von dir erzählt.« Die Erklärung klang überzeugend, und sie entspannte sich etwas. »Ich weiß, du hast Angst, jemand hätte schlecht von dir gesprochen. Aber selbst er hat nur Gutes gesagt«, fügte ich hinzu.

Sie wollte sofort aufspringen und weglaufen, doch ich bekam sie am Handgelenk zu fassen. »Ich habe ihn zufällig getroffen«, erklärte ich sanft, um sie zu beruhigen. »Er arbeitet jetzt als Schuhputzer, und ich war ein paar Mal bei ihm. Er hat einen kleinen Kassettenrecorder neben sich stehen und hört ununterbrochen klassische Musik.« Ich wartete ihre Reaktion ab, doch sie beschränkte sich auf ein Kopfnicken und ein spöttisches Lächeln. »Ich habe ihm erzählt, daß ich jemanden suche, der behinderten Kindern Flötenunterricht geben kann, und er hat dich empfohlen. Christo hat mir von der Band erzählt, und dort habe ich nachgefragt.«

»Und sonst hat er Ihnen nichts erzählt?«

Ich zog es vor, bei der Wahrheit zu bleiben. »Doch, hat er. Er hat mir alles erzählt.«

»Wenn das so ist, dann kann er nicht gut von mir gesprochen haben. Er glaubt, ein großer Violinist zu sein, während ich eine Albanerin bin, die nicht einmal die Flöte richtig halten kann.« Ruckartig streckte sie mir ihre Handflächen entgegen und zeigte mir die versengten Fingerkuppen. »Sehen Sie, was er mir angetan hat.«

»Ich weiß. Ich habe auch seine gebrochenen Finger gesehen, wenn er versucht, beim Schuhputzen die Bürsten zu halten.«

Sie hielt einen Augenblick inne, als versuchte sie sich Christo mit seinen Bürsten vorzustellen. Doch der Zorn gewann die Oberhand.

»Er ist ein Egoist, wie alle schlechten Musiker«, beharrte sie. »Einmal hat er mich in ein Konzert der Bulgarischen Philharmoniker mitgenommen. Zwei Wochen lang hat er mir vom großen Dirigenten Konstantin Iliew vorgeschwärmt. Eine Woche lang haben wir nur von Brot und Oliven gelebt, um das Geld für die Eintrittskarten zusammenzusparen. Dann sah ich einen Dirigenten, der auf dem Podium herumsprang, aber Musik habe ich keine gehört. Als ich ihm das sagte, ging er in die Luft. Was sollte auch eine Albanerin von so einem Orchester verstehen, meinte er verächtlich. Glauben Sie vielleicht, nur ihr Griechen spuckt auf uns? Auch die Bulgaren schauen auf uns herab, die Serben und die Mazedonier, selbst unsere eigenen Landsleute aus dem Kosowo. Aber was soll's. Ich war eben die Albanerin, die nichts von Musik versteht. Ich konnte ja nur waschen, bügeln und kochen. Er spielte Geige, und im Haushalt rührte er keinen Finger. Er war nicht nur ein schlechter Musiker, er war auch noch ein Pascha. Sehen Sie mal, im Café, in dem ich arbeite, serviere ich Kaffee, wasche Teller und Gläser. Aber ich werde dafür bezahlt. Ich weiß, daß der Chef mich ausnutzt, mir nur den halben Lohn gibt, kein Urlaubs- oder Weihnachtsgeld bezahlt, mich nicht versichert. Aber trotzdem werde ich bezahlt. Zu Hause habe ich das alles auch gemacht, ohne einen Euro zu bekommen, und darüber hinaus habe ich schlechte Musik hören müssen. Wissen Sie, daß er mir nicht geglaubt hat, als ich ihm erzählte, ich kenne Karol Szymanowski? Daß ich weiß, daß er ein enger Freund von Arthur Rubinstein und Pawel Kochanski war, daß sein bestes Werk das *Stabat Mater* ist. Aber wie ist es möglich, daß eine Albanerin Szymanowski kennt! Dabei spielte er den zweiten Satz der Violinsonate statt *andantino tranquillo e dolce* ganz klar *moderato*. Nicht einmal *moderato cantabile!*«

»Willst du die Arbeit machen, die ich dir vorgeschlagen habe?«

Meine Frage brachte sie wieder auf den Boden der Tatsachen zurück, und ihr Mißtrauen kehrte wieder.

»Warum sollten Sie mir Arbeit geben?«

»Weil du selbst eine Behinderung hast und die behinderten Kinder besser verstehen kannst.«

Das Argument gefiel ihr, und sie lächelte.

»Einverstanden, ich komme. Und wohin?« entgegnete sie eilig.

Mir war klar, daß sie gerne gewußt hätte, ob auch Christo dort arbeitete. Doch sie erkundigte sich nicht danach. Vielleicht aus Angst, denn wenn ich die Frage bejaht hätte, dann hätte sie absagen müssen.

Ich fädelte es so ein, daß sie sich in der Stiftung

treffen mußten. Christo war bereits dort, in seinen besten Kleidern oder in dem, was von ihnen übriggeblieben war. Er stand mitten unter den Kindern und dem Personal, auch die Direktorin war da. Alle warteten, während das Aufnahmeteam seine Vorbereitungen für die Livereportage traf, als die Tür aufging und Frida hereintrat. Sie blickten sich an, beinahe hätte sie sich wieder aus dem Staub gemacht. Doch Christo kam ihr zuvor, ging auf sie zu und blieb vor ihr stehen. Einen Augenblick lang verharrten beide reglos, dann öffnete Christo seine Arme. Sie zögerte zunächst einen Moment, dann machte sie einen Schritt auf ihn zu, damit er sie in die Arme schließen konnte. Ihre Umarmung löste sich, und Tränen rollten über ihre Wangen. Waren es die Tränen von Liebenden? Die Tränen von Heimatlosen? Oder die Tränen, die Musikliebhabern in die Augen treten, wenn sie im Finale Toscas Todesarie hören?

Der Stiftungsdirektorin war dieser Gefühlsausbruch unangenehm, und sie kam aufgebracht auf mich zu.

»Was soll das denn vor den Kindern? Noch dazu, bevor sie sich überhaupt kennenlernen?« protestierte sie.

»Machen Sie sich keine Sorgen, es wird nicht wieder vorkommen«, entgegnete ich knapp.

Sie wagte nicht, darauf zurückzukommen. Sie fürchtete, das Aufnahmeteam könnte unverrichteter Dinge wieder abziehen, so daß ihr die Möglichkeit durch die Lappen ging, sich und ihre Stiftung darzustellen.

Fridas und Christos Arbeitsstellen waren, solange ich Fernsehsendungen moderierte, nicht gefährdet. Es stand in niemandes Interesse, einen TV-Skandal zu riskieren, noch dazu wegen rassistisch motivierter Entlassung zweier behinderter ausländischer Musiker. Doch sollte ich meine Stellung beim Sender verlieren, wäre auch ihr Schicksal besiegelt. So ist unser aller Geschick miteinander verquickt.

Ohne Kulisse

»Sag mal, Gorgakis, mein Freund, wieso hat das Jota zwei Punkte oben drauf?«

»Mann, Basir, das hab ich dir doch schon tausendmal erklärt. Wenn zwei Punkte nebeneinander über einem Buchstaben stehen, nennt man das *Trema*, verstanden?«

»Nein.«

»Schau mal, wenn diese beiden Punkte nicht wären, dann würde man FC Panathin-e-kos statt FC Panathin-ai-kos lesen. Wenn man zwei Punkte draufsetzt, dann liest man Panathinaikos. Ohne Punkte Panathinekos, mit Punkten Panathinaikos, klar?«

»Bravo, Gorgakis, sehr gute Lehrer. Ich hab verstanden.«

»Und ich heiße nicht Gorgakis, sondern Jorgakis. Das Gamma am Wortanfang und in der Wortmitte kannst du immer noch nicht richtig auseinanderhalten: In der Wortmitte spricht man es ganz hinten im Gaumen aus, fast wie ein r, aber vorne wie ein j.«

»So wie in *gamoto*?«

»Sieh mal einer an, ›scheiß drauf‹ kannst du aussprechen. Also, Jorgakis genau so wie *gamoto*. Lies noch mal von vorn.«

»Pa-na-ti-nai-kos!«

»Nicht tinaikos, thinaikos. Der Buchstabe heißt Thita, das stimmlose th, das andere heißt Delta.«

»Pa-na-thi-nai-kos.«

»Genau so. Jetzt war's richtig. Jetzt nimm schnell die Bestellung auf, und dann machen wir weiter.«

»Bring zwei Souflaki-Gyros vom Schwein mit Soße, einen Tomaten-Gurken-Salat und ein Heineken.«

»Wo kommst du her? Aus Ägypten?«

»Nein. Von Sudan.«

»Sudan? Dort unten herrscht Hunger, was?«

»Ja, Krieg.«

»Ich weiß, ihr schlachtet euch gegenseitig ab, und die UNO versucht dazwischenzugehen. Ein Flüchtlingslager steht neben dem anderen. Kommst du aus einem Flüchtlingslager?«

»Nein, ich aus Khartum.«

»Aus Khartum also? Wie oft im Jahr regnet es dort?«

»In Khartum regnet. In Wüste regnet nicht.«

»Richtig, dort gibt's nur einmal im Monat zu

trinken. Vom Waschen ganz zu schweigen. Was für ein Elend, verdammt noch mal. Man muß sich mal vorstellen, wie viele tausend Kilometer der arme Kerl zurückgelegt hat... Dreitausend? Fünftausend? Nur um in Athen Souflaki zu servieren.«

»Selber schuld. Hätten sie uns nicht vertrieben.«

»Wen?«

»Uns Griechen. Weißt du, wie schön Khartum war, als die Griechen noch dort waren? Ein Paradies! Die afrikanische Schweiz, sag ich dir. Als die uns vertrieben haben, ging's radikal bergab. Und nicht nur im Sudan. Überall, wo sie uns vertrieben haben, ging's genau so. Schau dir nur mal die Lage in Ägypten an. Seit uns Nasser vor die Tür gesetzt hat, wird's immer schlimmer. Schau dir die Türkei an, die jetzt hofft, daß die Europäische Union sie reinläßt.«

»Du bist ein As in Geschichte.«

»Spaßvogel! Du mit deinem Spatzenhirn! Siehst du nicht, wie sich Skopje in den letzten fünf Jahren entwickelt hat? Warum wohl? Weil wir dort sind.«

»Gorgakis, mein Freund, sag mal, Pana-th-inaikos gegen Panionios was ich soll tippen?«

»Zuerst üben wir noch ein bißchen Rechtschreibung. Dreh mal den Totoschein um und schreib mir Panionios auf.«

»Richtig so, Gorgakis, mein Freund?«

»Falsch, Basir, mein Freund. Panionios schreibt

man mit Omega. Dreh den Totoschein noch mal um. Und schreib mir Panserraikos auf. – Unglaublich. Dieses schwierige Wort hast du richtig geschrieben.«

»Weil die in dritte Liga spielen, so wie ich, Gorgakis. Wir spielen in gleiche Liga, deshalb. Gestern abend vor Schlafengehen habe ich an Rechtschreibung gedacht. Mir war schwindelig. Ich niemals lernen, niemals.«

»Stell dich nicht so an. Unsere Schulkinder machen da auch Fehler.«

»Nun sag, Pana-th-inaikos gegen Panionios was ich soll tippen?«

»Ich würde sagen x.«

»Panionios machen Unentschieden?«

»Was glaubst du denn? Hast du gesehen, wie Panionios in der letzten Zeit gespielt hat? Und Panathinaikos pfeift auf dem letzten Loch.«

»Ja, aber Panatinaikos spielen auf eigene Platz.«

»Pana-th-inaikos heißt das, Pana-th-inaikos. Mein kleiner Finger sagt mir, du bist ein eingefleischter Panathinaikos-Fan.«

»Ich lieben Panathinaikos, aber ich sein für Olympiakos.«

»Hältst du mich zum Narren? Wie soll das gehen: Du liebst Panathinaikos, bist aber für Olympiakos?«

»Weil doch mein Freund Gorgakis für Olympiakos ist, dann ich bin auch Olympiakos.«

»Mit solchen Sprüchen machst du mich schwach. Und wie, meinst du, sollen wir PAOK gegen Olympiakos tippen?«

»Eine zwei, klarer Fall, Gorgakis. Eine zwei, klar wie Kloßbrühe.«

»He, Basir, kein Witz, du hast Griechisch gelernt. Bei dem Lehrer, kein Wunder! Statt Souflakispießchen zu braten, sollte ich lieber Schüler piesacken.«

»Thodoris, hör mit dem Gezeter auf. Den ganzen Weg schon gehst du uns auf den Geist!«

»Ich will Pizza!«

»Heute gibt's Souflaki, Schluß jetzt!«

»Niki will Souflaki! Ich will Pizza!«

»Thodoris, mein Junge, hör mal. Du bist doch ein Ninja, oder? Sogar mit Uniform. Die Ninja essen keine Pizza, die essen Fleisch. Viel Fleisch. Also essen wir Spießchen, in Ordnung?... Komm mal her... Bring uns fünfzehn Fleischspießchen, zwei Portionen Pommes mit geriebenem Käse und zwei Tsatsiki. Was wollt ihr trinken?«

»Orangenlimonade.«

»Coca-Cola.«

»Eine Orangenlimonade, eine Cola und ein Kaiser.«

»Also, eine Limo, eine Cola und Bierchen. Soll ich Pommes gleich bringen oder mit Souflaki?«

»Warum hast du das gemacht? Sag sofort, warum du das gemacht hast?«

»Ich bin ein Ninja!«

»Du bist absolut unmöglich!«

»He, warum schlägst du ihn, Jota?«

»Hast du denn nicht gesehen, wie er den Mann getreten hat?«

»Na und? Weißt du, wie oft der im Leben schon getreten worden ist? Der Tritt von einem Kind wird ihm doch nicht weh tun!«

»Habe ich richtig gesehen? Hat dich der Lümmel getreten?«

»Laß nur, Gorgakis, mein Freund. Nicht weiter schlimm.«

»Wehr dich, Mensch! Laß dich nicht treten! Die sind Nigger, nicht du!«

»Keine Nigger, Amerikaner.«

»Was für Amerikaner, verdammt noch mal?«

»Der Kleine tritt mich, sein Papa mir gibt zwei Euro. So sind Amerikaner.«

»Du bist nicht auf den Kopf gefallen, mein Freund, das muß man dir lassen. Deshalb lernst du auch eine so schwierige Sprache wie Griechisch. Komm, ich zeig dir was, da drehst du durch. Guck mal! Nein, schau's dir gut an! Der Toyota Corolla

Verso! Zweiunddreißig verschiedene Sitzkonfigurationen, neun Airbags, CD-Surroundsystem, DVD-Player mit Bildschirmen auf den Nackenstützen des Fahrer- und des Beifahrersitzes! Und auch abgesehen von der Ausstattung ein wahres Prachtstück! Alles habe ich durchgesehen: *Auto-Motor-Sport*, *Vier Räder*, *Drive*, *Car and Driver*, alles! Kein anderes kann es mit diesem Auto aufnehmen! Kurz habe ich auch an den Toyota Lancruiser gedacht, aber – «

»*Lan d cruiser*, Gorgakis, mein Freund. So heißt es auf englisch: *Lan-d-cruiser*.«

»Was du nicht sagst! Wo hast du denn den Oxfordakzent her, du Trottel, aus dem Sudan? Jetzt klapp die Zeitschrift zu, und schreib mir ›Windschutzscheibe‹ auf, kannst du das?... Na, siehst du? In einem Wort schreibt man das. Also, spiel dich nicht auf!«

»Kannst du mir nach dem Privatunterricht ein Souflaki-Gyros mit Hühnerfleisch machen? In aller Ruhe, es ist nicht eilig.«

»In Ordnung, junger Mann. Ich bringe einem armen Ausländer ein paar Brocken Griechisch bei. Nur ein wenig Geduld, du verhungerst schon nicht.«

»Bis der Griechisch lernt, bin ich ein Skelett.«

»He, komm, Basir, der Arsch ist ein Spielverderber. Guck dir bloß diese Stereoanlage an, Wahnsinn! Verstärker, CD-Player, Doppelkassettendeck, zwei Boxen mit 80 und zwei mit 40 Watt. Wenn du das voll aufdrehst, kann das Athener Konzerthaus einpacken! Und jetzt kommt das absolute, unüberbietbare Highlight: Das Heimkino von Philips! Schließ die Augen, und stell dir alles auf einem Riesenbildschirm vor! Am Morgen, bevor der Laden aufmacht, drehe ich die Stereoanlage bis zum Anschlag auf! Am Abend, wenn ich müde von der Arbeit nach Hause fahre und mich entspannen will, stelle ich das Heimkino an. Und dazwischen der Toyota Corolla Verso! Weißt du, wieviel das ganze Paket zusammen kostet?«

»Wieviel?«

»Dreizehn Richtige im Toto! Komm, jetzt bist du dran. Erzähl, was du mit dem Geld anfangen willst.«

»Weiß nicht. Muß ich nachdenken.«

»Kaufst du dir ein Haus in Khartum oder läßt du die Familie nachkommen?«

»Ich nicht will Entscheidung treffen.«

»Wieso nicht?«

»Weil es ist viel Geld, und ich nicht glaube an Gewinn. Deshalb ich will lieber nicht entscheiden.«

»Wenn du gewinnen willst, mußt du dran glauben, Alter. Dran glauben und davon träumen. Nur dann gewinnst du. Wenn du nicht einmal im Traum daran glaubst, dann hast du uns alle beide auf dem Gewissen.«

»In meine Heimat – «

»In meiner Heimat. Heimat ist weiblich.«

»In meine-r Heimat man glaubt an Gott, nicht an Geld, Gorgakis, mein Freund.«

»In Ordnung, wie du meinst. Wirf noch einen Blick auf den Totoschein, ich mach ihn jetzt fertig. Bist du einverstanden, wenn wir bei Panathinaikos unentschieden tippen?«

»Einverstanden.«

»Bist du mit dem Standardtip zwei bei Olympiakos einverstanden?«

»Einverstanden.«

»Und bist du mit einem bombensicheren Einser bei Iraklis gegen Kalamaria einverstanden?«

»Einverstanden.«

»Dann füll ich den Schein jetzt fertig aus und gebe ihn morgen früh ab.«

»J-orgakis, mein Freund. Tust du mir Gefallen?«

»Was für einen Gefallen?«

»Legst du Geld für mich aus, und ich gebe dir am Montag?«

»Kein Problem. Du hast bei mir immer Kredit.«

»Chef, kommst du, wir wollen bestellen!«

»Sofort!«

»J-orgakis, mein Freund, diesmal hab ich Bestellung geschrieben, guck mal, hab ich richtig gemacht?«

»2x Gyros vom Schwein, 1x Gyros vom Huhn, 1x Hackfleischbuletten, 2x Pommes, 2x Tsatsicki, 1x Bauernsalat. Ganz richtig, nur Tsatsiki hast du falsch geschrieben. Bravo, Basir, du bist ein As!«

»Sag mal, halten alle bei euch da unten in Schwarzafrika den Teller so wie du?«

»Also mach mal halblang, Freundchen. Was hat er dir denn getan, daß gleich ganz Schwarzafrika dran glauben muß?«

»Wieso? Haben wir deinen Kellner vielleicht beleidigt? Würdest du ein Tsatsiki essen, das mit einem schwarzen Finger drin serviert wird? Dann könnte man ja gleich anstelle der Kalamata-Olive den Finger servieren. Farblich würde es jedenfalls hinhauen.«

»Basir, tausch das Tsatsiki um. Komm mal her: Du sollst den Teller untenrum mit allen fünf Fingern halten. So macht man das in den besseren Lokalen.«

»Weit ist es mit uns gekommen! Vor ein paar Jahren hätte man den Kellner rausgeschmissen, wenn er einen Kunden so behandelt hätte. Jetzt wird er sogar verteidigt – und schwarz ist er außerdem!«

»Wie steht's, Gorgakis, mein Freund?«

»Bete, daß die Zeit stehenbleibt. Wir sind in den letzten fünf Minuten plus Nachspielzeit, und Panionios führt mit eins zu null.«

»Das war's, Gorgakis. Nix dreizehn Richtige.«

»Warte, noch acht Minuten. Man weiß nie.«

»Ich weiß, was ich rede, Gorgakis, mein Freund. Laß dir sagen von einem Pechvogel: Nix dreizehn Richtige.«

»Chef, bring uns noch eine Portion Pommes und einmal Schafkäse in Öl und Oregano.«

»Und zwei Heineken.«

»Leute, tut mir leid. Wir haben zu.«

»Wie bitte?«

»Das Lokal ist geschlossen.«

»Ist das dein Ernst? Da ist man friedlich beim Essen, und da fällt es dir plötzlich ein, die Rolläden runterzulassen?«

»Ausnahmsweise schließen wir heute früher. Ihr müßt nichts bezahlen, alles geht aufs Haus.«

»Sonntags sollte man nicht ausgehen, verdammt. Die Leute sind sogar zu faul zum Atmen. Hundertmal besser, zu Hause zu bleiben und den Pizzaservice zu bestellen.«

»Basir, schließ den Laden ab, und mach zwei Bier auf! Wir haben sie, Basir! Wir haben dreizehn Richtige! Unglaublich, aber wahr!«

»Hat Pana-th-inaikos Tor geschossen?«

»Ist das zu fassen? In der letzten Minute haben sie reingetroffen! Zum ersten Mal in meinem Leben feiere ich, daß Panathinaikos *nicht* verloren hat! Also, los: Du schneidest Brot auf, machst den Salat, und ich grille die Souflaki, schneide das Gyros runter und dann feiern wir erst mal.«

»Ich gerne möchte anrufen meine Frau.«

»Später. Zuerst müssen wir die Sportschau gucken, um zu sehen, wie viel wir eingesackt haben. Also, zum Wohl!«

»Zum Wohl. Pech gehabt!«

»Hier mußt du ›Schwein gehabt!‹ sagen. ›Pech gehabt!‹ sagt man, wenn etwas schief geht oder nicht gelingen will. Wenn etwas knapp gut ausgeht, dann heißt es ›Schwein gehabt!‹«

»Sch-wein gehabt!«

»Weißt du schon, was du mit dem Geld anfangen wirst?«

»Ich denke nach.«

»Ihr braucht aber lange, meine Güte. Ihr braucht sehr lange. Ihr dreht und wendet es so lange, bis die Amerikaner einmarschieren und alles kurz und klein schlagen. Siehe Irak.«

»Wenn alles fehlt, Gorgakis, mein Freund, dann schwierig zu entscheiden, was man soll zuerst nehmen.«

»Still jetzt. Die Totoergebnisse werden angesagt... Nein, verflucht noch mal! Bitte nicht, nicht so ein Schlag, verflucht noch mal!«

»Was ist los?«

»Weißt du, wie viele dreizehn Richtige getippt haben? Vierzehn! Vierzehnmal dreizehn Richtige, ist das zu fassen? Da kommen zwanzigtausend einhundertundfünfzig Euronen auf jeden.«

»Das ist doch nicht wenig, Gorgakis, mein Freund. Kriegt jeder von uns zehntausend Euro!«

»Was redest du da, he? Von Zahlen hast du keinen Schimmer, gottverdammte Scheiße! Einmal in hundert Jahren lacht einem das Glück, und dann kommen dreizehn andere und fassen einem in die Tasche, verflucht noch mal! Wir sperren einfach zu und gehen nach Hause!«

»Wir nicht feiern?«

»Was denn feiern?! Daß sie uns um das Geld betrogen haben? Laß nur, mir ist die Lust vergangen. – Wo willst du anrufen?«

»Sudan.«

»Wo im Sudan?«

»Khartum.«

»Stiehl mir nicht die Zeit. Warte erst mal ab.«

»Hast du Totogewinn geholt, Gorgakis, mein Freund?«

»Welchen Gewinn? Das Kleingeld, willst du sagen. Das habe ich heute früh abgeholt.«

»Dann gib mir meine Zehntausend.«

»Welche Zehntausend?«

»Die Zehntausend vom Toto.«

»Also wie jetzt, Basir?! Ich habe den Totoschein aus meiner Tasche bezahlt, ich habe ihn abgegeben. Und da soll ich dir die Hälfte abgeben? Aber woher denn? Ich bin doch nicht blöd!«

»Ich dir gesagt, du gibst mein Anteil und ich dir geben, wenn ich Geld bekomme.«

»Was soll denn das: Du gibst und ich dir geben? Ich habe den Totoschein abgegeben, und ich habe ihn zur Gänze aus meiner Tasche bezahlt. So ist es und nicht anders. Was habe ich im Endeffekt denn gewonnen, um dir auch noch was davon abzugeben? Zwanzig lausige Tausender. Den Toyota Verso kann ich vergessen und muß mich mit einem mickrigen Nissan Mikra begnügen, und nach der Stereoanlage reicht das Geld nicht mehr für das Heimkino, das muß ich dann in fünf Raten abstottern.«

»In Ordnung. Ich dir geben jetzt sofort Geld für Toto.«

»Kannst du machen. Für den nächsten Totoschein.«

»Wieso nächste?«

»Für den Tip, den wir nächsten Sonntag spielen werden.«

»Nicht nächste Sonntag. Ich will mein Geld jetzt.«

»Basir, hör mal zu. Du weißt, ich mag dich.«

»Weiß ich.«

»Du weißt, ich bin dein Freund und beschütze dich.«

»Weiß ich.«

»Du weißt, ich habe dir Griechisch beigebracht.«

»Weiß ich.«

»Also, ich gebe dir mein Wort: Bevor du nicht die zehn Tausender gekriegt hast, rühre ich vom nächsten Gewinn keinen Groschen an.«

»Nix verstehen.«

»Sobald wir noch einmal im Toto gewinnen, bekommst du zuerst die zehntausend Euro plus deinen Anteil an dem neuen Gewinn, danach erst kriege ich was. Ich gebe mein Wort darauf, daß ich beim nächsten Totogewinn keinen Groschen anrühre, ehe du nicht deinen Anteil bekommen hast.«

»Kein neues Toto. Ich will von dem da.«

»Komm schon, Basir. Du weißt ja noch nicht mal, was du mit dem Geld anfangen willst! Wieso hast du es so eilig? Es ist schneller weg, als du dir vorstellen kannst. Hör auf das, was ich dir sage. Es ist ein Risiko, wenn du zu Geld kommst und keinen genauen Plan hast. Du verlierst den Überblick, und es rinnt dir nur so durch die Finger. Also, wie gesagt: Beim nächsten Mal bekommst du zuerst etwas und dann erst ich. Komm jetzt, wir haben noch zu tun. Da, schneide die Tomaten auf…«

»Vorname: Basir.«

»Jawohl.«

»Nachname: Al Khaled.«

»Jawohl.«

»Geboren: Khartum, 1975. Richtig?«

»Richtig.«

»Nun, Basir. Ich lese dir jetzt vor, was du mir erzählt hast, und wenn du etwas abändern willst, sagst du es, in Ordnung?«

»In Ordnung.«

»Seit 2002 arbeite ich im Grillrestaurant *Evros*. Dort habe ich auch Jeorjios Tsakonas kennengelernt, der im selben Lokal als Grillkoch arbeitete. Der Obengenannte hatte sich seit meinem ersten Arbeitstag mir gegenüber kollegial verhalten. So entstand nach gewisser Zeit eine aufrichtige Freundschaft zwischen uns. Fast jede Woche füllten wir zusammen einen Totoschein aus, ebenso wie am vergangenen Donnerstag, den 7. Oktober. Da ich kein Geld hatte, bat ich Jeorjios Tsakonas, die ganze Summe für den Tototip auszulegen. Ich wollte ihm den entsprechenden Anteil später geben, womit er auch einverstanden war. Als am Sonntagabend, den 10. Oktober, bekannt wurde, daß wir dreizehn Richtige getippt hatten, schloß Jeorjios Tsakonas früher als sonst den Laden, damit wir zusammen unseren Erfolg feiern konnten. Doch im Verlauf der Sportschau erfuhren wir, daß außer uns noch dreizehn weitere Totospieler dreizehn Richtige getippt hatten. Da schlug Jeorjios Tsakonas' Stimmung um. Er erboste sich über unser Pech, da wir mit so vielen anderen die Gewinnsumme teilen sollten. Am Montagmorgen gegen zehn Uhr, als das Grillrestaurant öffnete, fragte ich den Obengenannten, ob er den Totogewinn abgeholt habe. Er bejahte, doch als ich meinen Anteil, etwa zehntausend Euro, von ihm verlangte, weigerte sich der Obengenannte, sie mir auszuhändigen. Zu Beginn berief er sich darauf, daß er allein den Totoschein bezahlt hätte und folglich die Gewinnsumme ihm allein gehöre. Als ich ihm sagte, daß ich bereit sei, ihm sofort meinen Anteil an den Kosten des Tototips zu bezahlen, entgegnete er, er akzeptiere es, aber die Summe gelte für den nächsten Totoschein, den wir zusammen ausfüllen würden. Danach versuchte er mich zu beruhigen, indem er mir versicherte, daß ich als erster sowohl die zehntausend Euro von dem aktuellen Totoschein als auch meinen Anteil am Gewinn des nächsten Totoscheins erhielte, sobald wir wieder dreizehn Richtige erraten würden. Er maß meinen fortgesetzten Einwänden keine Bedeutung bei und brach die Diskussion mit dem Hinweis auf unsere Arbeit ab. Er forderte mich auf, Tomaten und Zwiebeln für die Souflaki zu schneiden. Als ich mit dem Messer die Tomaten zerteilte, fühlte ich aufgrund des erlittenen Unrechts große Wut in mir aufsteigen. In diesem Augenblick hatte mir der Obengenannte den Rücken zugewendet und steckte das Gyros auf den Spieß. Ich wußte nicht mehr, was ich tat: Ich ging von hinten auf den Obengenannten los und stieß ihm im Affekt das Messer in den Rücken, bis er blutüberströmt zusammenbrach. Das erste, woran ich mich danach erinnere, ist, daß ich das Messer fortwarf und aus dem Grillrestaurant stürzte. – Hast du alles, was ich vorgelesen habe, verstanden?«

»Jawohl.«

»Nix hast du verstanden, aber egal. Ich habe es so aufgezeichnet, wie du es erzählt hast. Ich habe auch *im Affekt* reingeschrieben, vielleicht nützt es dir ja was.«

»Ich haben alles verstanden. Ich kann Griechisch. Sch-reiben und lesen.«

»Du Glücklicher. Das kannst du im Gefängnis bestimmt gut gebrauchen... Vlassopoulos hier, Herr Kommissar. In Ordnung, er hat unterschrieben. Wir sind fertig. Ich lasse ihn abführen.«

Green Card

Der Kleine rannte in alle Richtungen, die Arme ausgebreitet wie die Flügel einer Windmühle. Auf dem Gehsteig der Tritis-Septemvriou-Straße waren nur wenige Passanten unterwegs, daher blieb seiner Mutter erspart, die Einkäufe in der einen Hand und den Jungen an der anderen halten zu müssen. Sie ließ ihm die Freiheit, allein an der Häuserwand entlangzulaufen.

Etwa zehn Meter weiter auf dem Viktoria-Platz entdeckte der Kleine die Blechbüchse. Bis dahin hatte er nach einer zerquetschten Sprite-Dose getreten, einer zerrissenen Papiertüte, einer verfaulten Zitrone und einem leeren Karton Orangensaft, den er lustvoll drei Läden weiter geschleudert hatte. Eine Blechbüchse fehlte noch in seiner Sammlung. Er warf einen raschen Blick auf den Typen, der im Schneidersitz hinter der Büchse saß und dessen Kopf mit geschlossenen Lidern zur Seite gesunken war. Er trug verwaschene Jeans und ein kariertes Hemd. Um seinen Hals hing ein Pappschild.

Der Kleine ging direkt auf ihn zu. Beim Spielen war ihm das Leibchen hochgerutscht, und sein Bäuchlein schaute hervor. Einen Schritt vor der Blechbüchse blickte er zum riesigen Gebäude der Telefongesellschaft hoch, während sein Fuß, wie zufällig, die Dose berührte. Der Tritt war sanft, aber raffiniert: mit dem Außenrist, so daß er den erfahrensten Torhüter bezwungen hätte. Die Büchse drehte sich zweimal um die eigene Achse, kippte dann um, und die Münzen kullerten auf den Gehsteig. Der Kleine kümmerte sich nicht darum, sondern lief zu seiner Mutter, wie ein Spieler, der sich nach dem Torschuß von seinen Mitspielern feiern läßt. Das Schild hatte er nicht gelesen, das an einem Silberbändchen – das sonst zum Verpacken von Blumensträußen oder Konditorwaren verwendet wird – um den Hals des Typen hing: »Ich bin bosnischer Serbe, ich habe Hunger.«

Das Scheppern der Blechbüchse weckte den bosnischen Serben. Er hatte den Tritt des Kleinen nicht mitbekommen und fragte sich, wie er die Büchse umgeworfen hatte. Er hob sie auf und begann, die Münzen einzusammeln. Sie waren nicht weit verstreut, nur eine rollte auf die Tritis-Septemvriou-Straße hinaus, bis ein Frauenfuß in Pantoletten sie stoppte. Die Frau, die die Münze aufhob, war an die Siebzig. Sie war ein musealer Überrest aus der Zeit, als der Viktoria-Platz der Stolz der Athener Mittelschicht war. Sie schickte der Mutter, die ihren Weg nach der Großtat ihres Sohnes ungerührt fortsetzte, einen wütenden Blick hinterher.

»Na, meine Dame, Sie haben Ihrem Herrn Sohn ja perfekte Manieren beigebracht!« sagte sie, laut genug, damit es die Umstehenden hören konnten, aber nicht laut genug für die Mutter des Sprößlings.

Sie trat auf die Blechbüchse zu, und als sie die Münze hineinwarf, fiel ihr Blick auf das Schild: »Ich bin bosnischer Serbe, ich habe Hunger.«

»Ach du liebes Bißchen, alle kommt ihr hier zusammen«, sagte sie, so laut, daß es wiederum der bosnische Serbe hören konnte, nicht aber die Passanten. »Serben, Bosnier, bosnische Serben, Albaner, Mazedonier... Bettler und Bürgerkriegsflüchtlinge waren immer schon unser Los.«

Der bosnische Serbe sah mit Erleichterung, daß die Frau sich entfernte. Er wollte nicht auffallen. Seine Erfahrung hatte ihn gelehrt, daß ein guter Bettler sich seiner Umgebung anpassen mußte und am besten so unauffällig war wie die Bäume und die Parkbänke. Er zog die Beine an, stützte sein Kinn auf die Knie und schloß wieder die Lider. Weder wollte er kerngesund noch wie das Opfer einer ansteckenden Krankheit aussehen. Deshalb hockte er so da: wie erschöpft und daher arbeitsunfähig. Seine innere Uhr sagte ihm, wann er die Lider einen Spalt weit öffnen sollte, um die Umgebung zu kontrollieren. Dieses System nannte er »Auf-Streife-Gehen« und wiederholte es in kurzen Abständen.

Bei einer dieser »Streifen« sah er die beiden. Sie standen vor dem *Flocafé* und würden gleich die kleine Gasse überqueren und auf den Platz treten. Zwei Milchgesichter mit durchtrainierten Oberarmen und breiten Schultern, die lachend Schattenboxen spielten.

»Vorgestern war's einer, heute sind's schon zwei«, dachte er, während er sie aus den halb geschlossenen Lidern betrachtete, als sie – immer noch heiter und fröhlich – auf ihn zukamen.

Er zerrte seinen Rucksack unter den Knien hervor und warf die Blechbüchse mit den Münzen hinein. Die beiden bekamen mit, daß er Anstalten zum Aufbruch machte, und unterbrachen ihre Scherze. Sie versperrten ihm den Weg – der eine zur Tritis-Septemvriou-Straße, der andere zur Aristotelous-Straße – und nahmen ihn in die Zange. Der bosnische Serbe versuchte den Rückzug über die Elpidos-Straße.

An der Ecke stellten sie ihn. Der eine faßte ihn um die Schultern und redete freundschaftlich auf serbisch auf ihn ein: »Wann begreifst du es endlich?

Ich hab dir doch gesagt, du sollst nicht mehr herkommen. Hier betteln unsere Kinder. Der Platz bringt viel Geld ein. So bin ich gezwungen, meinen Freund mitzubringen.«

Er packte noch fester zu, um den Bettler aufrecht zu halten, während sein Freund stumm, systematisch und ausdruckslos auf ihn einschlug. Eine Menschenmenge hatte sich angesammelt: Stammgäste, Kunden und Kellner der umliegenden Imbißlokale, Passanten. Unbeteiligt verfolgten sie die Szene, als wäre es eine Frage des Prinzips, kein gratis gebotenes Schauspiel auszulassen. Nur ein kleines Kerlchen, das bei seinem Vater auf dem Arm saß, ahmte die Bewegungen des Schlägers nach und boxte in die Luft.

Als ihn der Typ losließ, sank der bosnische Serbe zu Boden. Der andere bückte sich und nahm den Rucksack an sich. »Den nehme ich zur Strafe mit«, meinte er, immer im gleichen freundlichen Tonfall.

Die Menge wich zurück, um die Typen durchzulassen. Der mitteilsamere von beiden hielt vor dem kleinen Jungen an, um einen Scheinkampf mit ihm auszufechten. Dann gingen sie ungestört weiter zur Aristotelous-Straße.

Nach ihrem Abgang versuchte der bosnische Serbe sich aufzurichten. Er wollte niemandem, der sich verspätet als Menschenfreund erweisen wollte,

Anlaß bieten, die Polizei oder einen Krankenwagen zu rufen. Seine Sorge erwies sich jedoch als unbegründet, da die Menge sich bereits zerstreute. Er wischte mit einem Taschentuch über sein Gesicht und sah, daß er blutete.

Er tastete es ab, um zu sehen, wo das Blut herkam, dann preßte er das Taschentuch auf die Wunden.

Er stützte sich an einer Mauer ab, bis er seine Beine wieder in der Gewalt hatte, und ging dann langsam die Fylis-Straße hinunter. Vor einem billigen Rembetiko-Schuppen blieb er stehen. Die Schlüssel dazu waren beim benachbarten Kurzwarenhändler hinterlegt, der damit der Putzfrau oder dem Getränkelieferanten mit seiner Schmuggelware aufschließen konnte. Er hatte mit ihm vereinbart, sich gegen ein kleines Entgelt in dem Schuppen umkleiden zu können, bevor er seine Schicht antrat.

»Wie siehst du denn aus?« Der Kurzwarenhändler blickte ihn erschrocken und doch fasziniert an.

»Schlissel«, sagte der bosnische Serbe kurz angebunden. Er hatte keine Lust auf lange Gespräche. Er wollte nur sein Gesicht waschen, sich umziehen und gehen.

»Pack deine Siebensachen und verschwinde«, meinte der Kurzwarenhändler mit einer Miene, die keinen Widerspruch duldete. »Ich will ja kein Unmensch sein, aber du bringst mir die Bude auf den Hund.«

Er blieb in der Toilette, bis er sein Gesicht vom Blut gesäubert hatte. Gerade rollte er seine Arbeitskleider zusammen, als sich der Kurzwarenhändler mit ausgestreckter Hand vor der Tür aufbaute.

»Mein Geld«, sagte er. »Wie soll ich dich denn finden, wenn du dich in Luft auflöst.«

»Kein Geld... geklaut...«

»Wem willst du den Bären aufbinden, du Hund? Ausgerechnet mich willst du verarschen?« Er wollte ihn am Hemd packen, doch sein Blick fiel auf die Blutflecken, und er ließ angewidert von ihm ab.

Der bosnische Serbe wandte ihm sein Gesicht zu. »Siehst du nix?«

»Weil du Prügel bezogen hast, willst du mich um mein Geld prellen, ja? Dir werd ich's zeigen.«

Der Kurzwarenhändler rannte wie der Blitz aus der Tür und donnerte sie ihm ins Gesicht. Gleichzeitig hörte er, wie der Schlüssel im Schloß herumgedreht wurde.

»Du bleibst hier drin, bis die Polizei dich abholt«, rief er ihm von draußen zu.

Panik erfaßte den bosnischen Serben. Er begann gegen die Tür zu schlagen. »Gut, gut, geb dir Geld.«

Er dankte Gott, daß er in weiser Voraussicht nicht seine ganzen Tageseinnahmen in den Ranzen gesteckt, sondern sie auch auf seine Hemd- und Hosentaschen aufgeteilt hatte. Natürlich würde ihm auf diese Weise der Lohn eines ganzen Tages flöten gehen, aber das letzte, was er in seinem erbarmungswürdigen Zustand brauchte, war es, der Polizei in die Hände zu fallen.

Die Tür wurde aufgeschlossen, und die Hand des Kurzwarenhändlers langte nach dem Zehn-Furo-Schein.

»Hier bezahlt man seine Schulden«, rief er ihm zu. »Nicht so wie bei euch. Mit Brüssel könnt ihr es ja machen, ihr Blutsauger, aber nicht mit uns. Denkt nicht, ihr könntet euch benehmen wie zu Hause.«

Wortlos ging der bosnische Serbe an ihm vorbei nach draußen.

»Vassilis, warum tust du das?« sagte Milena auf serbisch. »Warum tust du so, als wärst du ein bosnischer Serbe, wo du doch Grieche bist?«

Er antwortete nicht. Er bedeckte sein Gesicht mit einem in eiskaltes Wasser getauchten Handtuch. Er fühlte sich ausgelaugt und war es leid, jedesmal dasselbe zu erklären.

»Gut, ich war Französischlehrerin in Sarajevo,

und jetzt putze ich die Rezeption und die Toiletten im *Le Mirage*. Das ist logisch so. Dich aber verstehe ich nicht. In Bosnien warst du ein Grieche, und in Griechenland bist du ein Bosnier.«

Er stand auf, um das Handtuch erneut zu kühlen. So brauchte er nicht zu antworten. Die Diskussion war ohnehin sinnlos. Ihr Leben war anders geplant gewesen, als es schließlich gekommen war. Das war alles. Nachdem er zweimal bei den Aufnahmeprüfungen zu einer griechischen Universität durchgefallen war, hatte er in Sarajevo Chemie studiert. Dort lernte er Milena kennen. Sie war ein wenig älter als er und hatte ihr Französisch-Studium gerade beendet. Vassilis' Mutter war während seines Aufenthalts in Sarajevo gestorben, und andere Verwandte hatte er nicht. So wurde er ein Teil von Milenas Familie. Nach drei Monaten zogen sie zusammen: Vassilis, Milena und die Familie ihres Bruders, der Schmied war. Während des Kriegs schloß die Universität, niemand lernte mehr Französisch, auch wurden keine neuen Häuser mehr gebaut, sondern die alten zerstört. Vassilis war der Rettungsanker, der ihnen verblieben war. Sie packten ihre Sachen und kamen nach Griechenland.

Hier lagen die Dinge nun ganz anders. Er war hier zu Hause, und alle blickten erwartungsvoll auf ihn. Er begann, Arbeit in einem Labor oder einem Industriebetrieb zu suchen. Jedesmal, wenn man ihm die Tür vor der Nase zuschlug, rutschte er eine Stufe auf der sozialen Leiter nach unten. Als ihm bewußt wurde, daß er nur als Hilfsarbeiter eine Chance hatte, geriet er in Panik und begann, gleich drei Stufen auf einmal hinunterzustürzen. Schließlich bewarb er sich beim Bau, doch auch dort wollte man ihn nicht. Die ausländischen Arbeitskräfte waren kräftiger, arbeiteten zum halben Lohn und machten unbezahlte Überstunden dazu. Er war zart gebaut und Grieche, er konnte sie wegen der unbezahlten Überstunden und der unterschlagenen Sozialversicherung anzeigen und vor Gericht bringen.

Aufs Betteln kam er durch Zufall, durch eine Ironie des Schicksals. Am Tag, als auch die letzte Tür vor ihm zugeschlagen wurde, packte er wütend ein Stück Pappe und schrieb darauf: »Ich bin bosnischer Serbe, ich habe Hunger.« Dann hängte er sich das Schild mit einem Bindfaden um den Hals und setzte sich auf den Boden. Er wollte den Griechen zeigen, daß einer von ihnen im eigenen Land zum bosnischen Serben werden konnte. Er wollte sie beschämen und sich selbst für seine Unfähigkeit, Arbeit zu finden, bestrafen. Da hörte er ein Klimpern zwischen seinen Beinen. Er bückte sich und erkannte eine Fünfzig-Cent-Münze. Er blickte sich um, ob ihn jemand beobachtete, und steckte sie in seine Hosentasche. Kurz darauf regnete es wieder Geld, diesmal war es ein Ein-Euro-Stück. Schlagartig kam ihm eine simple Erkenntnis: Wenn du Grieche bist und bettelst, bist du ein Junkie. Wenn du vom Balkan kommst und bettelst, bist du ein Untermensch, der an die Großzügigkeit des durchschnittlichen griechischen Souflakiessers appelliert. So entdeckte er durch Zufall den einzigen Beruf, den er ausüben konnte: bosnisch-serbischer Bettler.

»Warum arbeitest du nicht wenigstens auf dem Bau, wenn du schon den bosnischen Serben spielst? Wenn du willst, kann ich ein gutes Wort für dich einlegen«, hatte Milenas Bruder gemeint, der als Handwerker sofort untergekommen war.

Aber Vassilis wollte nicht. Selbst wenn man ihn ohne Papiere einstellte, so konnte ihm doch jederzeit bei der Arbeit ein griechisches Wort entschlüpfen. Und das würde ihn in die Bredouille bringen. Sicher, auch beim Betteln mußte er seine Zunge im Zaum halten, aber da war ein Fehltritt nicht so schlimm. Und außerdem wollte er sich von seinen Landsleuten nicht ausbeuten lassen.

Während er über all das nachsann, suchte er im Geiste bereits nach einem neuen Stammplatz. Auf den Viktoria-Platz konnte er nicht zurückkehren, dort würde ihm nur weit Schlimmeres blühen. Plötzlich fiel ihm das auch mittags geöffnete Grillrestaurant am unteren Ende der Lenormand-Straße ein, dessen Tische in einem kleinen Park standen. Er warf das Handtuch zur Seite und machte sich zu einem Erkundungsgang auf. »Mir scheint, ich habe einen prima Stammplatz gefunden«, sagte er auf serbisch zu Milena.

Sie entgegnete nichts, sondern blickte ihn nur einen Augenblick stumm an, um nicht in Tränen auszubrechen. Dann nahm sie ihn in die Arme.

Er schlug sein Lager beim Grillrestaurant an der Ecke zur Straße auf. Gegenüber lag der kleine Park mit seinen Bänken und Blumenbeeten, und dazwischen standen die kleinen Gartentische des Lokals. Sie waren mit riesigen, durch Gummibänder festgezurrten Papiertischtüchern bedeckt.

Zur Mittagszeit gab es nur wenige Gäste, und niemand beachtete ihn. Doch gegen Abend wurde die Lage heikler. Ein Kellner trat auf ihn zu und bemühte sich, ihm durch Worte und Gesten zu erläutern, daß jetzt gleich viel Betrieb sein würde und sie ihn vor ihren Füßen nicht gebrauchen konnten. Ohne Widerrede packte er seine Sachen und ging auf die andere Seite. Er ließ sich an der Wand des

Wohnhauses nieder, das direkt an das Grillrestaurant grenzte. So verlor er zwar den Eckposten, entging jedoch dem Gemecker.

Das Grillrestaurant hieß *Korachais' Buletten*, und als er einen verschwitzten Typen mit offenem Hemd auf sich zusteuern sah, begriff er, daß es Korachais sein mußte.

»Wir haben dir nicht gesagt, daß du den Platz wechseln, sondern daß du verschwinden sollst«, bellte er. »Vor meinem Lokal hast du nichts verloren.«

»Hier nix dein Lokal.«

»Hier ist mein Wohnhaus. Hörst du, was ich sage? Nicht meine Wohnung, sondern mein Wohnhaus. Alle vier Etagen gehören mir. Pack zusammen und verschwinde.«

Ob er aus Angst nachgab oder wegen des unerträglichen Geruchs nach Grilldunst und Schweiß, den Korachais verströmte – er wußte es nicht. Jedenfalls hatte er nicht vor, klein beizugeben. Sobald Korachais ihm den Rücken gekehrt hatte, schlug er den Weg zum kleinen Park ein. Er suchte sich eine Bank aus und setzte sich zu ihren Füßen hin. Gegenüber lagen die Tische des Grillrestaurants, an denen die Gäste vor dampfenden Schüsseln saßen. Er spürte, wie sein Magen knurrte. »Das Sarajevo-Syndrom«, dachte er. »Ob man Hunger hat oder nicht, sobald man Essen sieht, beginnt der Magen zu knurren.«

»Jannis, gib ihm was, zum Teufel noch mal. Ich möchte nicht, daß mir hungrige Leute beim Essen zusehen.«

»Seit heute morgen jagen wir ihn immer wieder weg, aber er geht nicht.«

»Was kümmert dich das eigentlich?« meinte der Gast zu seiner Frau.

»Was mich das kümmert? Wenn wir sie schon am Hals haben, dann sollen sie uns wenigstens in Ruhe essen lassen.«

Vassilis sah von weitem, wie der Kellner und Korachais auf ihn zukamen, doch er rührte sich nicht von der Stelle.

»Hab ich dir nicht gesagt, du sollst abhauen, Scheißkerl!«

»Hier Park, hier nix Lokal.«

»Jetzt zeig ich's dir aber.« Er begann ihn hochzuzerren.

Auf einmal erfüllte Vassilis derselbe Zorn wie an dem Tag, als er zum ersten Mal als bosnischer Serbe auftrat. Wutentbrannt trat er nach dem Kellner. Der stolperte und stieß gegen den Tisch des Pärchens, so daß der Teller mit den Leckereien vom Grill auf den Schoß der Frau rutschte und diese hysterisch anfing zu schreien. Recht geschieht ihr, dachte Vassilis, schließlich war sie es gewesen, die die anderen aufgewiegelt hatte.

Korachais, dem Kellner und dem Ehemann der Geschädigten gelang es schließlich, ihn bis zum Eintreffen des Streifenwagens ruhigzustellen.

»Schickt sie doch alle wieder zurück nach Hause, damit endlich Ruhe ist!«

Die Hysterie der Frau war zum Selbstläufer geworden. Sie hatten einen Halbkreis um Vassilis gebildet.

»Ich kann ihn nicht zurückschicken«, entgegnete der diensthabende Offizier in der Polizeistation müde. »Er kommt aus einem Land, in dem Bürgerkrieg herrscht, er hat den Status eines politischen Flüchtlings.« Er wandte sich an Vassilis: »Deine Papiere.«

»Ich nix Papiere. Ich politisch Flüchtling, ich heimlich gekommen.« Er sprach so wie alle illegalen Einwanderer in solchen Fällen, ohne dem Ordnungshüter in die Augen zu sehen.

»Bitte sehr, jeder Schweinehund kann einem das Lokal in Stücke schlagen und sich dann als politischer Flüchtling ausgeben!« schrie Korachais entrüstet.

»Wo haben Sie ihn aufgegriffen?« fragte der Polizeioffizier den Beamten.

»Im Park, Herr Hauptwachtmeister.«

»Haben Sie eine Genehmigung, Tische im Park aufzustellen?«

Korachais blickte ihn durchdringend an, um das Offensichtliche zu bekräftigen: daß er nämlich jemanden schmierte. Doch der Hauptwachtmeister ließ sich nicht beeindrucken. »Haben Sie eine Genehmigung?« beharrte er.

»Und wenn ich keine habe, darf er mir die Tische zerschlagen und die Gäste vergraulen?«

»Dann zeigen Sie ihn an.«

»Ja schön, um dann einen jahrelangen Prozeß zu führen.«

»Das ist Ihre Sache.«

Da er nirgendwo Unterstützung fand, wandte sich Korachais an Vassilis. »Mit so einem Scheißstaat geschieht es uns recht, wenn ihr unsere Wohnungen ausräumt und unsere Läden kaputtmacht.«

»Mittlerweile lassen sie sich sogar von den Illegalen erpressen«, meinte die Frau zu ihrem Mann, als sie auf den Flur der Polizeistation traten.

Der Hauptwachtmeister hatte es gehört, war jedoch solche Vorwürfe gewohnt und schenkte ihnen keine Beachtung. Er blickte Vassilis an. »Da es keine Anzeige gegen dich gibt, kannst du gehen.«

»Du gut Mensch. Du lieben Menschen aus meine Heimat.«

Er mußte gar nicht mehr auf seine Sprache achten. Ganz selbstverständlich und spontan radebrechte er.

»Laß die Schmeicheleien und hau ab. Du hast Glück, daß ich diesen Arsch nicht leiden kann.« Er meinte Korachais.

Mit einem letzten »Tanke« machte er seinen Abgang.

Er nahm zwei Stufen auf einmal. Im Erdgeschoß hielt ihn eine aufgeregte Vierzigjährige an. »Wissen Sie vielleicht, in welchem Stockwerk der diensthabende Polizeioffizier ist?«

»Ich verstehe nicht, ich bin Ausländer«, antwortete er auf serbisch.

Die Polizeistation lag in einer verlassenen und schlecht beleuchteten Straße. Nur ein durchgehend geöffneter Kiosk verbreitete ein wenig Licht. Er nahm das Pappschild ab – es hatte bei dem Streit mit Korachais gelitten –, strich es notdürftig glatt und hängte es sich wieder um den Hals. Er lehnte seinen Rücken an die Kioskwand und ließ sich nach unten sinken, bis sein Hinterteil auf den Gehsteig traf. Seine Blechbüchse war verlorengegangen, und so breitete er sein Taschentuch aus. Weder Autos noch Busse fuhren vorbei, und die spärlich vorbeikommenden, achtlosen Passanten hatten es eilig. Doch unverdrossen blieb er, mit seinem

Schild um den Hals, bis weit nach Mitternacht sitzen: »Ich bin bosnischer Serbe, ich habe Hunger.«

Im Vorbeigehen

Die beiden Hände umklammern die Obststeigen mit den Birnen. Die Hauptlast ruht auf den Handflächen, während die beiden Daumen in die unterste Steige eingehakt sind. Die Arme verschwinden in zwei langen Hemdsärmeln mit schwarzweißem Schachbrettmuster. Der linke Manschettenknopf fehlt, und die beiden losen Enden flattern um das Handgelenk.

Die Füße stecken in Turnschuhen. Der Leinenstoff ist an den Seiten dunkelrot und oben schwarzbraun – die Farbmischung variiert je nachdem, welche Art von Schmutz sich gerade darauf festgesetzt hat.

»Nicht dorthin! Auf den anderen Stapel mit der guten Ware! Das hab ich dir doch schon hundert Mal erklärt! Daß du auch so schwer von Begriff bist!«

Der linke Fuß schert eilig aus, um die Richtung zu wechseln, und tappt in eine Pfütze. Das Wasser spritzt hoch. Die schwarze Jeans saugt es jedoch nicht auf. Die Tropfen perlen ab und rollen, anfänglich langsam und zögernd, dann immer schneller, wie über eine kompakte, glitschige Rampe hinab. Die kleinsten Tropfen setzen sich an der abgewetzten Stelle am rechten Knie fest, doch aufgrund der Wucht ihres Aufpralls überwinden sie schließlich doch das Hindernis und setzen ihren Weg bis zu den Turnschuhen fort.

»Wenn die Birnen schmutzig werden, bezahlst du sie, du Wichser!«

Der rechte Fuß schert abrupt nach rechts aus und bleibt in der Luft hängen, um der Pfütze auszuweichen, während die Arme verzweifelt die Balance zu halten versuchen. Die Obststeigen kommen für einen Augenblick aus dem Gleichgewicht und geraten auf den Handflächen ins Schwanken, doch die Daumen bleiben in ihrer Verankerung und stellen die Balance wieder her.

Die Füße treten jetzt sicher auf den Gehwegplatten auf, ohne auf andere Hindernisse zu stoßen. Nur für einen Moment weichen sie einen Schritt zurück, als sie auf ein paar Orangen treffen, die auf den Boden gefallen sind. Geschickt weichen sie ihnen aus und nähern sich zielsicher dem Turm mit den Obststeigen. Die Arme recken sich in die Höhe, die Steigen schweben in der Luft, dann werden sie vorsichtig heruntergelassen und sanft auf den übrigen Birnen abgesetzt. Die Daumen lösen sich und allmählich tauchen die Hände aus dem Spalt zwischen den beiden Stapeln wieder auf.

Die schuppige Haut der Hände erinnert an die Musterung einer Meeräsche oder einer Brandbrasse: schmutzig-weiß die Handrücken, grau die Finger, Übergang fließend und von Linien durchfurcht, die sich um die Fingergelenke vertiefen. Die Nägel schillern in drei Farben: schwarz an den Rändern, weiß in der Mitte und gelblich an den Wurzeln. Gelblich ist auch die Haut des rechten Mittelfingers, während am linken Daumen der Fingernagel fehlt.

Die Hände tasten sich langsam zu den Hosentaschen vor. Die Linke schlüpft sofort in ihr Versteck. Die Rechte überlegt es sich im letzten Augenblick anders und kehrt zu den Birnensteigen zurück. Die Finger fahren das Holz entlang, zart und behutsam, fast wie ein Streicheln. Sie erreichen die vierte Steige und tauchen blitzschnell in den Spalt. Als sie wieder hervorkommen, halten sie eine Birne umklammert, die zur Hälfte noch in ihr weißes Papier gehüllt ist. Sie pressen sie eng an die Hose, während der Handrücken sie abschirmt und verbirgt.

Die rechte Hand schlüpft eilig in die rechte Hosentasche, wie ein wildes Tier, das mit seiner Beute in einer Höhle Zuflucht nimmt. Die Füße beginnen von neuem ihre Route, nur gemütlicher und gelassener: kein Arbeitsrhythmus, sondern Spazierschritte. Der rechte schwenkt langsam zur Seite, der linke folgt ihm. Sie gehen an leeren Stapeln von Obststeigen entlang, die wild zerstreut umherliegen – hochkant, liegend oder zerborsten.

Die Füße halten inne, wo die Stapel zu Ende sind und eine kahle Wand beginnt. Hier und da sprießen ein paar Grasbüschel, vergilbt und zertreten. Die Fersen kommen im rechten Winkel zur Wand zum Stehen, zuerst die linke, dann die rechte. Gleichzeitig beugen sich, eng aneinandergedrückt, die Knie. Der Hintern rutscht langsam die Wand entlang nach unten, bis er den Boden berührt. Danach trennen sich die Knie, die rechte Fußspitze deutet in Richtung des Gebäudes, die linke zu den Stapeln mit den leeren Obststeigen.

Die rechte Hand fährt langsam aus der Hosentasche, zusammen mit der Birne. Sie schüttelt sich kurz, damit sich die Papierhülle von der Birne löst, und dann schwebt sie hoch zum Mund, ganz langsam, als wolle sie den ersten Bissen noch hinauszögern.

Ein zweites Paar Füße kommt im rechten Winkel auf das erste zu. Es bewegt sich schnell und zielgerichtet. Die Kollision erfolgt, als der linke

Fuß des Ankömmlings es nicht schafft, vor dem Hindernis rechtzeitig anzuhalten und am Knöchel des anderen rechten hängen bleibt. Der neue rechte Fuß gerät aus dem Takt und schwebt in der Luft. Einen Augenblick lang scheint es so, als würde er auf das andere Paar treten, doch in letzter Sekunde gelingt es ihm auszuweichen. Dabei reißt er die rechte Hand mit der Birne zu Boden. Überrumpelt lösen sich die Finger, und die Birne rollt auf eines der spärlichen Grasbüschel, mit der angebissenen Seite nach unten.

Der linke Fuß des Ankömmlings will schon über den anderen linken hinwegschleifen, bleibt jedoch zwischen den beiden Füßen hängen, kann sich nicht befreien, stolpert und zieht den gegnerischen rechten Fuß ein Stück mit sich. Schließlich kommt er neben ihm zum Stehen, allerdings landet auch das Knie am Boden.

»Was fläzt du dich um elf Uhr vormittags in der Sonne, hä, du Nichtsnutz? Du glaubst wohl, du bist immer noch zu Hause, wo dich die Partei ernährt?«

Die Füße entfernen sich, vom Zorn getrieben, jetzt noch schneller. Die Finger der rechten Hand öffnen sich und fassen nach der Birne. Die angebissene Stelle ist schwarz. Die Finger heben die Birne hoch und wollen sie zur Hose führen, überlegen es sich jedoch auf halbem Wege anders und wenden sich zum linken Hemdsärmel. Als sie die angebissene Stelle daran abwischen, sieht es aus, als spränge die Birne wie ein Läufer auf dem Schachbrett diagonal hin und her. Schließlich schweben die Finger in die Höhe und führen die Birne zum Mund. Zeitgleich werden die beiden Fersen eng an den Körper herangezogen, um weitere Zusammenstöße zu vermeiden.

»He, Einauge, mach schon, hol fünf Steigen Zuckermelonen von Stamatakos' Laden und bring sie zum Lastwagen.«

»Warum du gibst Arbeit nur ihm und nicht uns?«

»Weil er nur die Hälfte nimmt. Das nennt man jetzt Globalisierung! Weißt du, was Globalisierung heißt? Daß arme Schlucker aus allen verdammten Balkanländern zu mir kommen und für einen Bissen Brot für mich arbeiten. Und ich gebe die Arbeit demjenigen, der den kleinsten Bissen will. Das heißt Globalisierung, verstehste!?«

»Der ist keiner von uns.«

»Das geht mir am Arsch vorbei. He, Einauge, beweg dich!«

Die halb aufgegessene Birne löst sich aus der Handfläche und kullert auf den Boden, während die beiden Hände nach hinten fassen. Die Finger krallen sich in die Wand und klettern langsam hoch. Sobald der Körper ganz aufgerichtet ist, machen die Füße eine halbe Drehung und richten sich geradewegs auf das gegenüberliegende Gebäude. Sie halten unbeirrt auf ihr Ziel zu, wie ein Schiff auf die Hafeneinfahrt.

Der Boden des Gebäudes ist wie ein zertrampelter Gemüsegarten mit Abfällen übersät: Salatköpfe, Weißkohl, Tomaten, Blumenkohl. Geschickt bewegen sich die Füße zwischen den Gemüseresten, treten nur auf die festen Teile mit den großen Blättern und weichen den glitschigen Stücken aus, auf denen sie ausrutschen könnten. Ringsum wird ein verbaler Kampf ausgetragen: Die einen loben die Qualität ihrer Ware, die anderen heben den Preis der ihren hervor, die dritten fordern die Käufer auf, ihre Produkte zu bewundern.

Unaufhaltsam nähern sich die Füße den Steigen mit den Zuckermelonen, halten jedoch kurz davor inne. Die linke Hand fährt in die Hosentasche, während die rechte beginnt, den linken Arm unter der Manschette mit dem Schachbrettmuster zu reiben – eine Geste des Abwartens und der Verlegenheit.

»Gib mir Steigen mit Zuckermelonen.«

»Wie kann ich sie dir geben, wenn Theofanidis das Einauge will.«

»Ich arbeiten für gleiche Geld.«

»Das mußt du schon Theofanidis selbst sagen. Ich tue, was er mir sagt, ich habe keine Lust, mich mit Mafiosi einzulassen. Komm, Einauge.«

Der rechte Fuß setzt sich zuerst in Bewegung, der linke folgt nach. Die Schritte beschleunigen sich, während sich die beiden Hände nach vorne strecken, als könnten sie es nicht erwarten, die Steigen zu packen, bevor ein anderer es tun kann. Die Füße bleiben vor den Steigen mit den Zuckermelonen stehen. Sogleich umklammern die Hände die obersten fünf Steigen wie Schraubstöcke. Die Füße stellen sich auf die Entfernung ein und machen einen Schritt zurück, um den Händen die nötige Bewegungsfreiheit zu lassen, die Steigen schwungvoll und entschlossen herunterzuhieven. Doch die Last ist schwer, und als sich die Steigen aus dem übrigen Stapel lösen, nehmen sie Kurs in Richtung Boden. Die Hände können die Abwärtsbewegung nicht aufhalten und werden mitgezogen, während die Knie einknicken, ohne noch etwas ausrichten zu können. Die Steigen landen schließlich auf dem rechten Fuß, der nicht – so wie der linke – rechtzeitig zurückgesprungen ist. Die Hände bleiben einen Augenblick lang reglos, sind unfähig zu reagieren. Doch als die oberste Steige kippt und die Zuckermelonen auf den Boden zu fallen drohen, kommen sie zu sich. Alle beide schnellen nach oben, bilden einen Schutzschild vor den Steigen und halten die Zuckermelonen im Gleichgewicht. Einige Sekunden lang verharren sie in dieser Stellung, dann richtet sich der Körper – wenn auch mit Mühe – wieder auf, während die Hände die Steigen näher heranziehen und eng an den Körper pressen. Die Füße machen eine Halbdrehung, ganz langsam und vorsichtig tasten sie den Boden nach Hindernissen ab. Der linke Fuß schreitet normal aus, doch der rechte hinkt etwas hinterher, kann nur schwer den folgenden Schritt ausführen und zwingt den linken, langsamer zu werden.

Der Pritschenwagen steht vor dem Gebäude und ist halbvoll geladen mit Tomaten, Blumenkohl, Kartoffel- und Zwiebelsäcken. Die Füße sind erschöpft. Je näher sie dem Pritschenwagen kommen, desto schleppender wird der Gang des rechten Fußes, während die Hüpfer des linken immer kürzer werden. Die Hände zittern, und die Steigen lösen sich schwankend von der Brust. Der linke Fuß macht einen letzten, kleinen Sprung, der rechte schleift noch einmal über den Boden, und beide treffen sich am Ende der Ladefläche. Mit einem Schlag löst sich die Anspannung der Arme, und die Steigen krachen mit einem seltsamen Knirschen auf die Ladepritsche.

»Laß die Steigen bloß nicht da vorne stehen! Arbeitsscheues Gesindel! Zu faul zum Atmen! Komm rauf, und rück sie nach hinten!«

Füße und Hände verharren einen Augenblick lang reglos, als könnten sie sich nicht entschließen, ob sie gehorchen oder einfach verschwinden sollten. Die Hände geben zuerst nach. Sie umklammern die Kante der Ladefläche, der Körper stützt sich langsam darauf, und die Beine folgen wie von selbst. Die Hände rücken die Steigen schräg nach rechts und füllen den Leerraum in der Ecke der Ladefläche. Hände und Füße warten einen Augenblick, ob noch ein weiterer Befehl erfolgt, und als das nicht der Fall ist, langen die Füße am Rand der Ladefläche an und springen, während die Arme locker an der Seite baumeln, nach unten.

»Theofanidis ist im Büro. Du sollst gleich vorbeikommen, wegen der Bezahlung.«

Wiederum erfolgt eine Halbdrehung, und die Füße nehmen erneut Kurs auf das Gebäude. Nun schreiten sie langsam und locker dahin, die Sohlen schleifen unmerklich über den Boden. Die Hände hängen herab und pendeln willenlos hin und her. Die Füße zögern kurz vor dem Gebäude, dann gehen sie schräg nach rechts auf eine Tür zu, auf der »Herren« geschrieben steht. Der rechte Fuß tritt gegen die Tür und hält sie fest, damit der linke zuerst eintreten kann. Danach läßt er die Tür los, die hinter ihm ins Schloß fällt.

Der Boden sieht aus wie eine mittelgroße Müllhalde. Achtlos tauchen die Füße, man könnte meinen zwecks Reinigung der dunkelroten Turnschuhe, in die Pfütze und bewegen sich auf die erste freie Toilette zu, die – wie alle anderen – keine Tür hat. Es ist feucht und der Boden von Fußspuren gemustert. Aus der Toilette quellen Klopapier, Taschentücher und Zeitungsfetzen. An einigen Papierresten klebt Kot.

Die Füße nähern sich dem Becken und treten abrupt auseinander, als würden sie nach einer wechselseitigen Beschimpfung empört auseinanderfahren. Der Dreck, der in den kleinen Wasserlachen noch frisch und an den umliegenden Wänden bereits eingetrocknet ist, wird von zwei Pferdefliegen umschwirrt. Die rechte Hand ertastet den Reißverschluß und beginnt ihn herunterzuziehen. Die linke zwängt sich in den Hosenschlitz, zerrt den Penis hervor und umklammert ihn mit einem aus Daumen und Zeigefinger gebildeten Ring. Der Ring rutscht langsam nach hinten, und der Penis reckt sich über das Toilettenbecken. Als die linke Hand die Peniswurzel erreicht, übernimmt die rechte das Festhalten, und in dem Augenblick spritzt schon der Urin los. Dunkelgelb und kraftvoll schießt er gegen den hinteren Beckenrand und versprüht rundum seine Tröpfchen. Der Strahl wird immer schwächer und sein Bogen immer kürzer, bis er nach einigen letzten Spritzern versiegt.

Die rechte Hand will den Penis wieder in den Hosenschlitz drücken, doch der erweist sich als ungehorsam, beginnt sich zu strecken und verliert seine Biegsamkeit. Die Hand gibt nach, zieht sich zurück und läßt den Penis frei, wodurch er parallel zum Boden innehält. Die linke Hand gleitet unter den Penis und beginnt ihn sanft und zärtlich zu streicheln, während der Körper sich leicht nach vorne neigt. Der Penis verharrt kurz parallel zum Boden, bis zur vollständigen Erektion. Dann ändert er seine Richtung und steigt langsam, Zentimeter für Zentimeter, nach oben, als hätte er es satt, immer nur die Schüssel zu betrachten – als wolle er zur Decke streben. Die Hände machen keine Anstalten mehr, dem Drang des Penis entgegenzutreten.

»Hierher hast du dich verkrochen, du Arschloch. Theofanidis sucht dich. Mach schnell, er hat's eilig.«

Die linke Hand öffnet jäh den Hosenschlitz, während die rechte den Penis packt und versucht, zwei Bewegungen auf einmal auszuführen: den Penis nach unten zu drücken und in den Hosenschlitz hineinzuzwängen. Doch der Penis ist steif und zur

Erektion entschlossen: Er zieht die Aufwärtsbewegung vor, und die Hände geraten in Panik. Die linke packt den Penis, während die rechte ihn durch den Hosenschlitz drängen will. Der Penis kann so viel Druck nicht mehr standhalten, er gibt auf und läßt sich, wenn auch unwillig, in den Hosenschlitz zwängen, während die linke Hand rasch den Reißverschluß hochzieht.

Die Füße treten eilig, fast im Marschtempo, aus der Toilette und bewegen sich auf den mit Steigen beladenen Pritschenwagen zu.

»Wo bleibst du denn so lange – ausgerechnet, wenn ich es eilig habe? Eigentlich müßte ich dir den Lohn streichen, du Wichser.«

Die rechte Hand reckt sich nach vorne, die Handfläche öffnet sich. Bereit, die Geldscheine in Empfang zu nehmen.

»Morgen brauche ich dich um sechs. Sieh zu, daß du nicht verschläfst und mich hängen läßt.«

Die Geldscheine gleiten langsam nacheinander in die Handfläche. Der Daumen schnellt hoch und nieder wie eine Feder und fixiert jeden einzelnen Geldschein. Der Geldregen hält inne, die Handfläche schließt sich um die Gesamtsumme. Der linke Fuß schwenkt nach links, schreitet aus und wartet auf den Schritt des rechten. Die rechte Hand mit den Geldscheinen bewegt sich auf die Hosentasche zu.

Plötzlich taucht ein neues Paar Füße aus dem Nichts auf und hält direkt vor dem anderen Paar. Die beiden Paar Hände und Füße stehen sich einen Augenblick lang reglos gegenüber. Dann verschwindet die neu hinzugekommene rechte Hand hinter dem Rücken. Als sie wieder auftaucht, blitzt ein Messer zwischen ihren Fingern auf.

»O Mann, der zieht ein Messer!«

»Tu deine Arbeit, uns geht das nichts an. So sind die eben. Die stechen wegen nichts und wieder nichts zu.«

Die rechte Hand mit den Geldscheinen hält auf dem Weg zur Hosentasche inne. Die Handfläche krampft sich um das Geld, während die linke Hand schützend, mit der Handfläche nach außen, vor die Brust tritt.

Die Füße weichen unmerklich einen Schritt zurück und sind bereit, sich zur Flucht zu wenden, als die Hand mit dem Messer eine gezielte, äußerst geübte Bewegung macht und sich dieses in den Bauch des anderen bohrt.

»Der ersticht ihn, Mann!«

»Steig in den Wagen, und misch dich nicht ein.«

»Der ersticht ihn, weil er für dich die Steigen geschleppt hat.«

»Dann finde ich eben einen anderen, der sie für noch weniger Geld schleppt. Und wenn sie den auch abschlachten, dann finde ich wieder einen, der es noch billiger macht. Niemand kann den Gesetzen der Wirtschaft entgehen.«

Es folgt ein weiterer Messerstich. Die rechte Handfläche öffnet sich, die Geldscheine segeln träge zu Boden und bleiben auf einigen verfaulten Orangen liegen. Die Hand, die kein Messer hält, bückt sich und sammelt die Geldscheine ein. Die Füße machen kehrt und verlieren sich im Nichts, aus dem sie gekommen sind.

Zuerst greift die rechte Hand zur rechten Wunde, dann die linke zur linken Wunde. Beide Handflächen drehen sich gleichzeitig und tiefrot verfärbt nach oben. Zwei Tropfen fallen von der linken Handfläche auf die dunkelroten Turnschuhe, die sie gierig aufsaugen. Dann schieben sich die offenen, ein wenig schräg gehaltenen Handflächen in den Vordergrund. Die Beine knicken ein, erst langsam und dann immer schneller, bis zum endgültigen Zusammenbruch. Sie berühren den Boden und strecken sich, während die beiden Hände zur Seite sinken, immer noch mit offenen und tiefroten Handflächen. Die rechte Fußspitze deutet hoch in den Himmel, während der linke Fuß im schrägen Winkel allmählich herabsinkt, bis er schließlich reglos innehält.

Sonja und Varja

Er ist schätzungsweise fünfundsechzig, könnte aber auch jünger sein. Sein übergewichtiger Leib und die Glatze lassen ihn älter aussehen. Er liegt rücklings auf dem Bett, und ich sitze auf ihm. Das hat Vor- und Nachteile. Läge ich auf dem Bett, würden mich seine hundert Kilo fast erdrücken, aber immerhin könnte ich zur Decke blicken und an Varna und das Schwarze Meer denken. Jetzt muß ich sein Gewicht nicht tragen, bin jedoch gezwungen, ihm ins Gesicht zu blicken. Dabei betrachte ich die kleinen, glänzenden Schweißperlen auf seiner Glatze, die – zu kleinen Rinnsalen vereint – an seinen Augenbrauen hängen bleiben.

Er stöhnt. Nicht aus Lust, sondern weil er schon fast eine Stunde lang um eine Erektion ringt. »Du bist mir keine große Hilfe«, flüstert er mit rauher Stimme. »Du bist mir gar keine große Hilfe.«

Ich entgegne nichts, weil es sonst noch eine Stunde gehen kann. Ich bewege mich bloß ein wenig, um ihm keinen Anlaß zum Nörgeln zu bieten.

»So ist's fein«, meint er, dankbar für die Illusion, die ich ihm verschaffe, während seine Hände zu meinen Brüsten hochklettern. Seine verschwitzten Handflächen gleiten über meine Brustwarzen. Er macht einen letzten verzweifelten Versuch, doch die Kräfte verlassen ihn, und er gibt schließlich auf. Kraftlos läßt er seine Hände auf die Matratze fallen und starrt reglos an die Zimmerdecke, wo feuchte Flecken Wolken formen. Rasch stehe ich auf, aus Angst, er könnte es sich anders überlegen und seine Bemühungen fortsetzen.

»*No problem*. Viel Arbeit… viel müde…«, sage ich tröstend zu ihm. »Kommst du anderes Mal, machen wir besser.«

Er blickt mich an, aber ich sehe nur seine Wimpern, die seine Augen wie vorspringende Balkone überschatten. »Richtig«, sagt er. »Und ich werde dich erst beim nächsten Mal bezahlen. Das fehlte noch, daß mir eine Bulgarin mein Geld aus der Tasche zieht.«

Ich weiß nicht, ob ich schweigen oder losschimpfen soll, aber ich entscheide mich fürs Schweigen. Er will meinen Lohn als Schmerzensgeld einbehalten. Wenn ich loszetere, wird er mich wegen zwanzig Euro verprügeln. Ich tröste mich mit dem Gedanken, daß ihn Andreas, der Boss, unten an der Bar in Empfang nehmen wird. Der streicht das dicke Geld ein und wird ihn nicht entkommen lassen.

»Andreas hat mich heute reingelegt«, meint er, als hätte er meine Gedanken erraten. »Du siehst nur aufreizend aus, im Bett bist du eine Niete.«

Er geht, und ich weine dem verlorenen Zwanziger nach. Vom Tarif von hundertzwanzig behält Andreas hundert und läßt mir zwanzig. Und selbst davon zieht er mir wieder die Hälfte ab, für Kleider, Miete, Strom, Wasser...

Ich ziehe mich eilig an, um zur Bar hinunterzugehen und meinen Verlust mit dem nächsten Kunden wieder wettzumachen. Doch als ich die Tür öffnen will, geht sie nach innen auf, und Andreas steht mit seinen beiden Schlägern an der Türschwelle.

»Gottverdammte Scheiße, mit dir hat man nichts als Ärger.« Sein finsterer Blick heftet sich auf mich und straft seine sanfte Stimme Lügen. »Kaum bin ich zur Tür herein, rückt mir schon der Dicke auf die Pelle.«

»Ich hab nix gemacht... Er kann nicht.«

»Er muß nicht können. Du mußt können. Die illegal importierten Lämmer aus Bulgarien müssen schön zart geschmort sein, damit sich der Kunde nicht die Zähne ausbeißt.«

Die beiden Schläger machen mit einem Lächeln

auf den Lippen einen kleinen Schritt auf mich zu, und ich weiß, was mich erwartet. Ich blicke mich um. Aus dem Fenster kann ich nicht springen, denn mit zerschlagenen Gliedern bin ich weder ihnen noch mir selbst etwas nütze. An der Tür hat sich Andreas aufgebaut und versperrt mir den Weg. Auch die verbogenen Beine des Klapptisches bieten keinen Schutz. Es bleibt nurmehr das Bett, auf das ich springe. Ich rolle mich ein wie ein Embryo und biete ihnen meinen schutzlosen Rücken. Meinen Kopf habe ich ins Kissen vergraben, so daß ich nichts sehe, dafür höre ich ihr Lachen und spüre die Schläge, die auf mich niederprasseln. So entgehe ich zumindest ihren Tritten, denke ich befriedigt. Da packt mich eine Hand an den Haaren und reißt mir den Kopf hoch, während mich die nächste ohrfeigt. Dann packen mich vier Hände und werfen mich auf den Boden. Nun sind ihre Fußspitzen in Aktion, die mich wahllos in die Seite, den Rücken und gegen die Schienbeine treten. Nur mein Gesicht bleibt verschont, da ich ihnen nichts mehr bringe, wenn sie es entstellen.

Wütend beiße ich mir auf die Lippen und schlucke das Blut hinunter. Ich weiß, daß sie mich nicht schlagen, weil ich etwas verbrochen habe. Sie haben nur nach einem Anlaß gesucht. Nun schlagen sie mich eben, weil ich die einzige bin, die noch keine Prügel einstecken mußte.

Sie halten erschöpft inne. Ich liege zusammengekauert auf dem Fußboden, doch den Kopf hebe ich nicht. Das hat mir Nina beigebracht. »Wenn sie mit dem Prügeln aufhören, schau sie nicht an. Dein Blick irritiert sie, und sie fangen wieder von vorne an.«

Ich höre Andreas' Stimme. »Mach schon, überschmink die blauen Flecken, und in einer Stunde bist du wieder hier. Und wenn du mir nochmals solche Mätzchen machst, dann zeigen dich bald alle Fernsehkanäle als Heroinleiche nach 'ner Überdosis.«

Ich höre, wie die Tür hinter ihm ins Schloß fällt. Ich setze mich im Bett auf und kann nur mit Mühe aufstehen. Ich weiß nicht, was mich mehr schmerzt – mein Körper oder meine Wut: Wut über die ungerechten Prügel, Wut auf Andreas, der mir gerade mal einen Zehner läßt, Wut darauf, daß er meinen Paß einbehalten hat, um mich in der Hand zu haben.

Das Haus ist alt und hat zwei Stockwerke, es liegt in einer kleinen Straße hinter dem Koumoundourou-Platz. Das Erdgeschoß dient als Lagerraum. In der oberen Etage wohnen wir zu dritt: Varja,

Nina und ich, jede in einem Zimmer. Varja ist Russin, Nina Rumänin.

Die Treppe ist unbeleuchtet. In der Dunkelheit taste ich mich die Wand entlang und bleibe immer wieder stehen, denn bei jedem Schritt durchzuckt ein lähmender Schmerz meine Rippen. Ich stolpere gerade zu meiner Tür, als ich Varjas flüsternde Stimme höre: »Sonja... Sonja...«

Ich wende mich um, es ist aber niemand da. Ein Lichtstreifen fällt aus Varjas Tür, die Stimme muß aus dem Zimmer kommen. Ich habe jedoch keinerlei Lust, meine schmerzensreiche Geschichte zu erzählen. Ich würde mich gerne ein Stündchen aufs Ohr legen, mich ein wenig erholen, die blauen Flecken überschminken, bevor ich an die Bar zurückmuß. Doch da ich mich Varja verbunden fühle – Verzweiflung verbindet –, kann ich nicht so tun, als hätte ich sie nicht gehört.

Wahrscheinlich hat sie meinen Schatten durch den Türspalt erkannt, denn sie stößt die Tür ein wenig auf. »Was gibt's? Arbeitest du heute abend nicht?« frage ich sie auf russisch. Russisch war in der Schule ein Alptraum für mich. Ich sah nicht ein, wozu mir diese Sprache nützen sollte, und betrachtete den Unterricht als reine Zeitverschwendung. Egal, welchen Beruf du ausüben wirst, du wirst es gebrauchen können, sagte meine Lehrerin, die mich gern hatte. Und siehe da, sie hatte recht behalten.

»Komm rein«, sagt Varja, aber sie macht die Tür nicht ganz auf. Sie läßt mich durch den Spalt hineinschlüpfen und schließt sie sofort wieder.

Wäre die Tür nicht ins Schloß gefallen, ich hätte mich umgedreht und die Flucht ergriffen – mitten im Zimmer liegt Kostas auf dem Rücken. Die Finger seines ausgestreckten rechten Arms berühren das Tischbein. Der linke Arm ist angewinkelt und die Hand zur Faust geballt. Sein Blick ist auf den linken Arm gerichtet, als wolle er prüfen, ob seine Muskeln gut durchtrainiert sind, doch das in sein Herz gerammte Messer versperrt ihm die Sicht. Es ist ein einfaches Küchenmesser mit Holzgriff.

»Ich hab ihn umgebracht«, höre ich Varja sagen. »Er saß am Tisch beim Essen. Ich kam rein, da fing er schon an, mich zu prügeln …«

Sie beginnt zu zittern, ihre Worte gehen im Schluchzen unter. Zum Teil liegt es an ihrer Aufregung, zum Teil an meinem notdürftigen Russisch, daß ich nur die Hälfte von dem, was sie mir erzählt, verstehe. Aber was sollte ich schon Neues hören? Die Geschichte kenne ich auswendig. Varjas Pech war, daß ihr kurz nach ihrer Ankunft in Athen Kostas über den Weg lief. Er nahm sie bei sich auf, machte sie zu seiner Freundin, schickte sie aber auch zu Kunden. Und er war eifersüchtig. Jedes Mal, wenn sie von einem Kunden zurückkam, prügelte er sie.

»Gleich als ich reinkam, schlug er zu. Ihr Russinnen seid alle Flittchen, schrie er. In der Zeit des Kommunismus seid ihr als Prostituierte nach Griechenland gekommen. Dann, als die Kommunisten gestürzt waren, habt ihr euch wieder prostituiert.« Sie scheint fast wie eine Asthmakranke zu ersticken und schnappt nach Luft. »Ich wollte ihn nicht töten«, sagt sie dann und bricht in Tränen aus. »Ich sah das Messer auf dem Tisch liegen und wollte ihn damit erschrecken. Keine Ahnung, wie es dazu kam, daß ich zugestochen habe.«

Anfängerglück: Sie hat ihn mitten ins Herz getroffen. Mein Blick ist auf Kostas geheftet, als ich ein dumpfes Geräusch höre. Es ist Varja: Sie schlägt ihren Kopf gegen die Wand. Ich laufe zu ihr hin und umarme sie. »Nicht«, sage ich. Als ob sie eine andere Wahl hätte.

»Kostas hat hier sein Heroin versteckt.«

Ich begreife sofort, worauf sie hinauswill. Wenn man das Heroin findet, wird es heißen, sie hätte ihn wegen des Rauschgifts getötet. Wie soll sie dann das Gericht davon überzeugen, daß sie ihn umgebracht hat, weil er sie aus Eifersucht schlug? Wer ist auf eine illegal eingewanderte Russin eifersüchtig?

»Wo hat Kostas sein Heroin aufbewahrt?«

»In der Küche. Zwischen dem Reis und den Makkaroni. Weil es aussieht wie Zucker.«

Ich gehe in die Küche und finde die Tüte wie von ihr beschrieben vor. Mit den Fingerspitzen lasse ich sie in meine Tasche gleiten. »Ich lasse es verschwinden, damit sie es hier nicht finden. Und du gehst zur Polizei. Es spricht für dich, wenn du dich stellst.«

Sie bricht wieder in Schluchzen aus. »Ich habe ihn getötet. Nur das zählt.«

»Nina und ich kommen als Zeuginnen. Wir werden aussagen, daß er dich gequält hat und du in Notwehr gehandelt hast.«

»Laß mich nicht allein«, fleht sie.

Wenn ich mit ihr zur Polizeistation gehe, dauert es bis morgen früh, und wer schützt mich dann vor Andreas? Andererseits ist sie meine Freundin, und ich kann sie nicht ihrem Schicksal überlassen. Ich fasse sie bei den Schultern und drücke sie sanft in Richtung Tür. Bevor wir hinausgehen, blickt sie mich an und lächelt.

»Wenn du eine Viertelstunde eher gekommen wärst, wäre er vielleicht noch am Leben«, meint sie bitter.

Ihre Bitterkeit ist nicht gegen mich gerichtet, nur gegen ihr eigenes Los. Ich schaue noch mal zurück zu Kostas, aus dessen Brust das Messer wie die Stange einer kleinen, in den Sand gerammten Papierfahne ragt. In meinen Ohren klingen Andreas' Worte: »Gottverdammte Scheiße, mir dir hat man nichts als Ärger.«

Ich ziehe Varja zurück ins Zimmer. »Bring mir eine Plastiktüte und ein Bettuch«, sage ich.

Sie blickt mich verwundert an. »Was willst du damit?«

»Geh schon und frag nicht lange.«

In der Zwischenzeit hole ich ein Papiertaschentuch hervor, wickle es um den Schaft und ziehe dann das Messer heraus. Das Blut reicht bis zur Hälfte der Klinge. Ich wische den Griff mit dem Taschentuch sauber, um Varjas Fingerabdrücke zu entfernen. Danach reinige ich gründlich die Klinge, sorge jedoch dafür, daß ein wenig Blut am Rand klebenbleibt. So als ob sich jemand die Mühe genommen hätte, das Messer zu säubern, ihm aber ein Tropfen entgangen wäre.

Varja kehrt mit einer Plastiktüte und einem gelben Leintuch zurück. Ich wickle das Messer in die Plastiktüte und stecke es in meine Tasche.

»Hör mir gut zu«, sage ich. »Wir gehen nicht zur Polizei. Du bleibst hier, und wenn die Bullen kommen, sagst du, Andreas hätte ihn umgebracht. Er sei plötzlich hier aufgetaucht, sie hätten um das

Rauschgift gestritten, seien zusammen hinuntergegangen, und dort hätte er ihn umgebracht. Beide haben mit Frauen und mit Heroin gedealt, sie haben sich in die Haare gekriegt, und er hat ihn erstochen. Mir würde das einleuchten. Warum sollten sie es nicht glauben?«

Varja blickt mich an und rührt sich nicht von der Stelle. »Ist Andreas nicht an der Bar?« fragt sie.

»Als du Kostas umgebracht hast, war er nicht dort. Er ist erst nachher gekommen. Vorwärts, hilf mir, ihn in das Leintuch zu wickeln und ihn hinunterzutragen, auf die Brache.«

Die Brache ist eine Müllkippe neben dem Haus. Ich rede auf Varja ein, damit sie aus ihrer Lethargie erwacht. Zum Glück ist die Leichenstarre noch nicht eingetreten, und wir hüllen ihn ohne große Schwierigkeiten in das Laken. Aber als ich die beiden Enden packe, um ihn hochzuheben, durchzuckt der Schmerz wieder meinen Körper, und mir erlahmen die Kräfte. Ich denke kurz an die Möglichkeit, ihn über den Boden zu schleifen, aber der ist schmutzig, und die Polizisten könnten die Spuren entdecken. Ich beiße die Zähne zusammen und kralle meine Finger in das Laken. Die Treppe ist eng und stockdunkel. Bei jedem Schritt laufen wir Gefahr, daß wir ausgleiten und die Leiche uns unter sich begräbt.

Ich stoße die Eingangstür halb auf und spähe hinaus. Eine Gruppe junger Leute geht johlend und singend vorüber. Als sie in Richtung Omonia-Platz verschwinden, hasten wir mit der Leiche zur Brache. Wir wickeln sie aus dem Bettuch, und Kostas fällt – zum Glück – auf den Rücken. Ich würde mich am liebsten erschöpft neben ihn legen, nur mit Mühe halte ich mich aufrecht. Ich zerknülle das Laken und mobilisiere meine letzten Kräfte.

»Geh rein und räum den Tisch ab«, sage ich zu Varja. »Damit man nicht sieht, daß Kostas dort gegessen hat. Und leg das Leintuch wieder aufs Bett. Aber sieh zu, daß keine Blutspuren daran sind. Ich werde die Polizei benachrichtigen.«

»Meinst du, die schlucken das?« Ihre Stimme dringt aus dem Dunkel, rauh und voller Zweifel.

»Wenn nicht, dann leiste ich dir im Gefängnis Gesellschaft«, sage ich und lache auf. Vorwiegend, um mir selbst Mut zu machen.

Ich lege mir zurecht, was ich wie am Telefon sagen will. Man soll nicht merken, daß ich Ausländerin bin. Denn wenn Andreas rauskriegt, daß ihn eine Ausländerin angeschwärzt hat, fällt sein erster Verdacht auf mich.

In der erstbesten Telefonzelle ziehe ich die Karte heraus, mit der ich jede Woche meine Familie in

Bulgarien anrufe. Bevor ich den Notruf wähle, lege ich ein Taschentuch über die Muschel. Ich beginne langsam zu sprechen, um mich nicht zu verhaspeln. »Auf der Brache in der Evmorfopoulou-Straße liegt Kostas, tot… Andreas, der Besitzer der *Cozy-Bar*, hat ihn umgebracht… Er hat das Messer mitgenommen…«

»Wer sind Sie? Ihr Name?…«

Ich lege den Hörer auf. Die Knie werden mir weich. Ich finde ein leeres Taxi und gebe die Adresse der Bar an. Der Fahrer ist um die Vierzig und mustert mich im Rückspiegel. »Bist du Albanerin?« fragt er.

»Bulgarin.«

»Wollen wir einen Zwischenstop einlegen? Dann erlasse ich dir den Fahrpreis.«

Ich verstehe nicht genau, was er sagt, aber ich begreife, was er will. Ich halte den Mund, damit ich mich nicht verplappere.

»Wieso nicht?« beharrt er und lächelt mir im Rückspiegel zu. »Verdient ihr in Bulgarien mehr? Da nagt ihr doch am Hungertuch. Aber hier, bei uns Armleuchtern, seid ihr wohl auf den Geschmack gekommen.«

An der ersten Ampel werfe ich ihm eine Zwei-Euro-Münze auf den Sitz und steige aus. Er würde keine Sekunde zögern, sich auf mich zu stürzen, und der Polizei dann zu erzählen, ich hätte ihn beraubt.

Die beiden Schläger sind vor den Eingang der Bar getreten, um Luft zu schnappen. Der eine faßt mir an den Hintern, als ich vorübergehe, und lacht dann schallend. Um mir in Erinnerung zu rufen, daß ich ein Lamm aus Bulgarien bin und er jeden Tag Ostern feiert. Andreas sitzt mit zwei Freunden an einem Tisch, ins Gespräch vertieft. Er wirft mir einen teilnahmslosen Blick zu.

Schnurstracks gehe ich zur Küchennische, wo die Teller und Gläser der Bar abgewaschen werden. Ich weiß, daß ich sie leer vorfinden werde, denn Maria, die Küchenhilfe, ist um diese Zeit schon gegangen. Vorsichtig rolle ich in meiner Tasche das Messer aus dem Papiertaschentuch und lege es ganz unten in die Bestecklade. Dann fasse ich mit den Fingerspitzen nach der Plastiktüte mit dem Heroin und stecke sie in das Schränkchen unter der Spüle.

Ich schaffe zwei Männer, bevor der Streifenwagen kommt. Der erste ist schnell. Wir haben uns kaum hingelegt, schon ist er fertig. Der zweite gehört zu denjenigen, die einen beschimpfen müssen, um in Stimmung zu kommen. Gebetsmühlenartig wiederholt er »Bulgarische Drecksau, fetter Arsch«, wie ein Schlummerlied. Keiner der beiden achtet auf meine blauen Flecken, da sie sturzbetrunken sind.

Als ich zum zweiten Mal zur Bar hinuntergehe, haben die Beamten Andreas gerade an die Wand gestellt und tasten ihn ab. Die Mädchen haben sich erschrocken in eine Ecke verdrückt und glotzen. Sie können nichts bei ihm finden und durchsuchen die Bar. Zwei der Polizisten beginnen, die Getränkeregale zu durchforsten, während der dritte nach hinten geht. Zwei Minuten später ist er wieder da.

»Herr Hauptwachtmeister!« ruft er demjenigen zu, der Andreas immer noch festhält, und zeigt ihm in einer Plastiktüte das Messer und das Heroin.

»Das gehört mir nicht!« brüllt Andreas. »Weder das Messer noch das Koks!«

Richtig. Es war nicht die Ware, mit der er mir die Überdosis verpassen wollte, die mich ins Fernsehen gebracht hätte.

»Kann sein, daß es nicht deins ist«, meint der Hauptwachtmeister. »Aber wenn es dem Hund gehörte, den du umgelegt hast, bist du dran. Ihr wartet hier und macht eure Aussagen«, meint er an uns gerichtet, als er Andreas die Handschellen anlegt.

»Schöne Aussagen werden das«, lacht der eine Polizist und zwinkert dem anderen zu.

»Bist du verrückt?« entgegnet der andere. »Diese Russinnen, Rumäninnen, Bulgarinnen kommen nur einmal in ihrem Leben mit Wasser in Berührung, und zwar wenn die Amme sie ins Taufbecken hält. Da fängst du dir jede Menge Krankheiten ein.« Zu Irina gerichtet, die sich voller Angst an mich klammert, meint er: »Du zuerst.« Er hat einen fauligen Mundgeruch.

»Sie haben ihn«, sage ich zu Varja, als ich nach Hause komme. »Du bist aus dem Schneider.«

»Du auch.«

»Andreas hat meinen Paß. Ich weiß aber nicht, wo er ihn aufbewahrt. Wer ihn findet, wird mein neuer Chef«, sage ich. Und lege mich schlafen.

Ich verbringe zwei ruhige Tage, ohne aus dem Haus zu gehen. Niemand läutet an der Tür oder ruft an. Ich weiß nicht, ob ich mich darüber freuen oder beunruhigt sein soll. Vielleicht hat Andreas meinen Paß so gut versteckt, daß keiner ihn findet. Mit solchen Überlegungen versuche ich mir Mut zu machen.

Am dritten Morgen weckt mich heftiges Klopfen an der Tür. Auch Varja und Nina sind aus dem Schlaf gerissen worden und aus ihren Zimmern gestürzt. Erschrocken blicken wir uns an, während es immer noch klopft und jemand mit lauter Stimme ruft: »Aufmachen! Polizei!«

Ich schicke die beiden in ihre Zimmer zurück und gehe an die Tür. Ich treffe auf zwei Bullen. Der eine ist dünn und trägt eine Brille. Der andere ist durchtrainiert, trägt kurzgeschorenes Haar und hat das Kommando.

»Bist du Sonja?«

»Jawohl«, antworte ich höflich. Ich überschlage schnell, wie viele Tage ich in der Zelle sitzen muß, bis die Papiere für meine Ausweisung ausgestellt sind.

»Zieh dich an und komm mit.«

»Wohin?«

»Nichts Besonderes!« beruhigt mich der Brillenträger. »Nur zu einer Befragung.«

Der andere wirft ihm einen wütenden Blick zu, weil er mir erklärt hat, wohin die Reise geht. Dadurch hat er ihn um das Vergnügen gebracht, mich in den Streifenwagen zu stecken und mir genüßlich dabei zuzusehen, wie ich die ganze Fahrt über vor Furcht zittere.

Ich schlüpfe schnell in Jeans und T-Shirt und ziehe meine Lederjacke darüber. Varja und Nina geben keinen Mucks von sich.

Bald sind wir auf dem Alexandras-Boulevard, wir fahren offensichtlich zum Polizeipräsidium. Diese Tatsache beruhigt mich, ich soll also wirklich nur verhört werden. Sie führen mich in die dritte Etage hoch und lassen mich auf einer Bank Platz nehmen.

»Warte hier«, meint der Brillenträger. »In Kürze wird dich Kommissar Charitos zu sich rufen.«

Nach einer halben Stunde etwa führt mich ein anderer Polizeibeamter in das gegenüberliegende Büro. Vor mir sitzt ein Kommissar mittleren Alters, und mein erster Gedanke ist, daß er mir als Kunde gelegen käme. Er ist einer von den Typen, die in den Laden kommen, wenn ihre Frau verreist ist, wortlos vögeln, gesittet bezahlen und wieder abhauen.

»Bist du Sonja Petrowa?« fragt er.

»Jawohl.«

Er öffnet eine Schublade seines Schreibtisches und zieht meinen Paß heraus. Er blättert ihn rasch durch und übergibt ihn mir.

»Da ist dein Paß. Wir haben ihn in der Wohnung des Täters gefunden.«

Ich greife danach, zögere jedoch aufzustehen und zu gehen. Ich werde wohl kaum so leicht davonkommen. Doch ich täusche mich. »Das war alles, du kannst gehen«, meint er.

Ich wende mich um und steuere zur Tür, dabei versuche ich, meinen Schritt im Zaum zu halten. Ich möchte nicht den Eindruck erwecken, daß ich es sehr eilig habe, und dadurch verdächtig erscheinen. Als ich die Tür öffnen will, höre ich noch einmal seine Stimme.

»Hattest du das ganze Heroin dort versteckt? Hast du nichts zurückbehalten?«

Mir werden die Knie weich. Einen Augenblick lang halte ich inne, um mich von dem Schrecken zu erholen.

»Welches Heroin?« frage ich so gelassen wie möglich.

»Das Heroin, das du im Schrank unter der Spüle plaziert hast. Das war alles, oder? Du hast nicht irgendwo noch einen Rest vergessen?«

»Ich habe nichts mit Heroin zu tun«, sage ich wahrheitsgemäß. Aber es ist nicht die ganze Wahrheit.

»Tu es jedenfalls nicht wieder«, meint er fast väterlich. »Also, uns kam es gelegen, denn wir wollten diesen Schurken ohnehin einbuchten. Aber beim nächsten Mal hast du vielleicht weniger Glück.«

Wir blicken uns einen Augenblick lang an. Dann wende ich mich zum Gehen, mit meinem Paß in der Tasche.

Petros Markaris im Diogenes Verlag

»Markaris zeichnet ein überaus lebendiges Bild von der Athener Gegenwart. Mit Witz, Charme und Ironie erzählt er eine reizvolle, geschickt verwobene Kriminalgeschichte mit überaus lebensnahen Figuren. Eine glatte Zuordnung nach Gut und Böse geht nicht auf, Täter wie Opfer werden gleichermaßen als gebrochene und zumeist rätselhafte Gestalten präsentiert.«
Christina Zink / Frankfurter Allgemeine Zeitung

»Kommissar Charitos hat längst Kultstatus. Spannung, Humor und Sozialkritik verbindet Markaris zum Gesamtkunstwerk.« *Welt am Sonntag, Hamburg*

»Petros Markaris gefällt mir außerordentlich.«
Andrea Camilleri

Hellas Channel
Ein Fall für Kostas Charitos. Roman. Aus dem Neugriechischen von Michaela Prinzinger

Nachtfalter
Ein Fall für Kostas Charitos. Roman. Deutsch von Michaela Prinzinger

Live!
Ein Fall für Kostas Charitos. Roman. Deutsch von Michaela Prinzinger

Balkan Blues
Geschichten. Deutsch von Michaela Prinzinger

Der Großaktionär
Ein Fall für Kostas Charitos. Roman. Deutsch von Michaela Prinzinger

Wiederholungstäter
Ein Leben zwischen Istanbul, Wien und Athen. Deutsch von Michaela Prinzinger

Die Kinderfrau
Ein Fall für Kostas Charitos. Roman. Deutsch von Michaela Prinzinger
Auch als Diogenes Hörbuch erschienen, gelesen von Tommi Piper

Faule Kredite
Ein Fall für Kostas Charitos. Roman. Deutsch von Michaela Prinzinger

Zahltag
Ein Fall für Kostas Charitos. Roman. Deutsch von Michaela Prinzin

Finstere Zeiten
Zur Krise in Griechenland

Esmahan Aykol im Diogenes Verlag

Hotel Bosporus

Ein Fall für Kati Hirschel

Roman. Aus dem Türkischen von Carl Koß

Deutsche trinken Bier. Und Türken essen Kebap. Kati Hirschel kämpft jeden Tag gegen solche Klischees. Seit drei Jahren betreibt sie in Istanbul ihren Krimibuchladen, und noch immer fallen die Türken in Ohnmacht, wenn sie lacht – Deutsche lachen nicht. Kati Hirschel lässt sich aber nicht festnageln: Sie wächst auch über ihre Rolle als Krimibuchhändlerin hinaus und wird zu einer charmanten Detektivin. Nach dem Motto: Die Buchhändlerin, dein Freund und Helfer.

»Für diesen Roman braucht man starke Nerven. Weil man sich so schön mit Heldin Kati Hirschel identifizieren kann, die einem wunderbar ungebändigten Chaos trotzt.« *Angela Wittmann / Brigitte, Hamburg*

»Ein herrlicher Roman über Istanbul! Die Lebensart der Türken, die Vorurteile, die Männerwelt, die Politik, die Korruption – über all das schreibt Esmahan Aykol mit großer Leichtigkeit und Humor.«
Petros Markaris

»Ein Roman, der vor lauter Genussfreude und Lust sprüht und Lust am Leben, Lesen und Denken verbreitet.«
Annemarie Stoltenberg/Hamburger Abendblatt

Bakschisch

Ein Fall für Kati Hirschel

Roman. Deutsch von Antje Bauer

Chaos in der Stadt, Chaos im Herzen. Kati Hirschel ist gestresst. Nach einem Streit mit ihrem Liebsten stürzt sie sich in die Suche nach einer neuen Wohnung. Kein einfaches Unterfangen in der Millionenstadt Istanbul. Doch Kati erhält ein umwerfendes Angebot: eine Wohnung mit Blick auf den Bosporus. Nur dumm, dass es Zoff mit dem Bewohner gibt.

»Neben der amüsanten Ich-Erzählerin Kati steht die Metropole Istanbul im Mittelpunkt der verwickelten Geschichte. Man verfolgt mit großem Vergnügen die liebevoll-ironische Liebeserklärung, welche die Autorin ihrer Stadt macht.«
Angela Gatterburg / Der Spiegel, Hamburg

Goodbye Istanbul

Roman. Deutsch von Antje Bauer

Um einer unglücklichen Liebe zu entkommen, verlässt Ece ihre Heimatstadt Istanbul und beginnt ein neues Leben in London. Doch beim Tellerwaschen in einem Grillrestaurant stürzen tausend Erinnerungen auf sie ein, schmerzliche, aber auch schöne. Ece erkennt: Für einen Neuanfang ist Vergessen viel, Erinnern alles.

»Esmahan Aykol ist ein hoffnungsvoller Roman gelungen, in dem die Schwierigkeiten nicht ausgeblendet, sondern vom festen Glauben an ein besseres Leben aufgefangen werden: Wenn man ganz unten ist, führt der Weg immer nach oben. Aber zuerst einmal muss man ihn suchen. Wie warmherzig und zugleich informativ Aykol diese Suche beschreibt, ist unbedingt lesenswert.« *Julia Bähr / Frankfurter Allgemeine Zeitung*

»Dieser Roman verbindet auf wunderbare Weise anatolische Legenden mit der bitteren Realität der Immigranten von heute.« *Evrensel Kitap, Istanbul*

»Ein außergewöhnliches Buch über die Immigration, die Liebe und das Vergessen.« *Hürriyet, Istanbul*

Scheidung auf Türkisch
Ein Fall für Kati Hirschel
Roman. Deutsch von Antje Bauer

Schon ihr Eintritt in die Industriellenfamilie stand unter einem schlechten Stern: Sani war den reichen Ankaralıgils nicht gut genug, ihre Hochzeit mit Cem wurde nicht gefeiert. Wenige Jahre danach wird die schöne junge Umweltschützerin tot in ihrer Wohnung aufgefunden. Warum musste sie sterben?
Obwohl die Geschichte sie eigentlich überhaupt nichts angeht, mischt sich Kati Hirschel in die Ermittlungen ein – das Schicksal dieser Frau scheint ihr exemplarisch für so viele junge Türkinnen zu sein.

»Kati Hirschel ist eine temperamentvolle Figur, die humorvoll und bisweilen spöttisch deutsch-türkische Befindlichkeiten kommentiert, während sie Istanbul in vielen Facetten erlebt: vom Frühstück in den Teegärten zur Korruption in den Stadtverwaltungen, vom Chic der Istanbulerinnen bis zum Charme türkischer Männer.«
Christine von Korff / Der Spiegel, Hamburg

»Spannung, Humor und detaillierte Beschreibungen einer Weltstadt im Aufbruch und im Widerstreit zwischen Tradition und Moderne.«
Margarete von Schwarzkopf / NDR, *Hannover*